D1726496

»Noch heute lese ich lieber den Roman Noir als Wittgenstein.«

Jean-Paul Sartre

Tito Topin
Casablanca im Fieber

Aus dem Französischen von
Holger Fock

Roman Noir
Edition Tiamat

Tito Topin lebt als freier Schriftsteller und Drehbuchautor in Vaison la Romaine, Frankreich. Er hat bisher zwölf Romane veröffentlicht. Für den Roman »Casablanca im Fieber« erhielt Tito Topin 1984 den Prix Mystère de la Critique.
Titel der Originalausgabe: »55 de Fièvre«.

Edition Tiamat
Deutsche Erstausgabe
Herausgeber: Klaus Bittermann
1. Auflage: Berlin 1991

Grimmstr. 26 – 1000 Berlin 61
Satz: MK Druck Berlin
Druck: Schwarzdruck Berlin
Umschlagentwurf und graphische Gestaltung:
Bartholl & Otteny
ISBN: 3-923118-52-X

Für Henri Franceschi, meinem Bruder im Zorn

1

Der schwarze Buick glitt über den noch feuchten Teer und näherte sich fast geräuschlos. Sachte fuhr er auf einen grasbewachsenen Aussichtspunkt vor. Schlagartig verstummte das Zirpen der Nachtgrillen.

Die Weißwandreifen machten eine letzte Drehung und kamen auf dem warmen Gras zum Stillstand.

Der weite Ozean am Fuß des Bergs lag da wie Asphalt, jäh aufgebrochen durch die verchromten Wellen, die fluoreszierende Striche in die Nacht schrammten.

Die silbernen Schwimmbecken schimmerten wie tote Fische in den mondänen Anlagen am Meer. Allein ihre Namen hätten genügt, eine Kolonie Albinos braun werden zu lassen. Acapulco. Tahiti-Plage. Miami. Sun-Beach. Kon-Tiki.

Georges drückte auf einen Knopf am Armaturenbrett. Langsam streckte sich das Verdeck wie die ausgebreiteten Schwingen eines Raubvogels in die Nacht, begleitet vom Säuseln der hydraulischen Mechanik. Es hielt einen kurzen Moment still und ließ sich dann mit einem metallischen Surren auf der Windschutzscheibe nieder. Georges sicherte die Sperre des Verschlusses, schaltete die Scheinwerfer aus und stellte die Zündung ab.

»Was ist denn in dich gefahren?« fragte Gin.

Die Nacht war schwarz. Kein einziger Stern am Himmel. Kein einziges Licht in den Fenstern der Luxusvillen am Berg von Anfa. Ein paar arabische Köter, die aus einem nahgelegenen Douar kamen, schlichen zwischen Pinien und Eukalyptusbäumen umher.

Der einzige Lichtpunkt kam vom Radio, das auf den amerikanischen Sender des Militärstützpunktes von Nouaceur eingestellt war. Das regelmäßige *duh-duh-DUMM, duh-duh-DUMM, duh-duh-DUMM* eines Jazz-Schlagzeugers drang gedämpft aus dem Bakelit. Wahrscheinlich Zutty Singleton.

»Ich schließe das Verdeck wieder...« antwortete Georges, während er den Zigarettenanzünder betätigte. »Bei dieser Affenhitze holt man sich schnell den Tod. Wenn einem heiß ist, transpiriert man, verstehst du!«

»Ich schwitz höchstens wegen dir. Du warst einverstanden, mich nach Hause zu begleiten, und damit basta! Ich hab nicht die geringste Lust, unterwegs anzuhalten«, gab Gin von sich.

»Ich hab mir schon immer gedacht, daß du was gegen mich hast«, sagte er, »aber was?«

»Das bildest du dir ein. Ich hab gegen niemanden was, gegen dich so wenig wie gegen einen anderen. Ich will ganz einfach nach Hause, claro?«

Mit einem kurzen Stoß auf das Handgelenk ließ Georges eine lange Zigarette aus der Pall Mall Schachtel rausrutschen.

»Zigarette?« bot er an.

Gin nahm die Zigarette mit einer schroffen Geste, ohne sich zu einem Wort des Dankes zu bequemen. Sie holte ein Feuerzeug Marke Zippo aus ihrer Handtasche und zündete die Zigarette selbst an.

Alle nannten sie Gin, wie den Schnaps, aber sie hieß Ginette, was wesentlich weniger berauschend ist.

Ginette Garcia würde noch vor Ende des Monats neunzehn Jahre alt werden, am 23., dem Tag, an dem die Sonne vom Krebs ermüdet in das Zeichen des Löwen eintritt.

Eine kastanienbraune Haarpracht stürzte in kaskadenhaften Schlingen über ihre bloßen Schultern und rahmte ein fast quadratisches, energisches Gesicht ein, dessen finsteren Blick ein Vorhang aus langen Wimpern filterte.

Die Oberlippe war auf eine reizende Art aufgeworfen, weshalb der zu große, zu rote, zu weit gezeichnete Mund halb offen stand und eine Reihe blendend weißer Zähne zeigte.

So wie es sich Gin auf dem Vordersitz des Luxusschlittens mit rückklappbaren Verdeck bequem gemacht hatte, nur schwach beleuchtet von der roten Glut der Long

Size, sah sie, wenngleich etwas schmächtiger, aus wie Jane Russel in "The Outlaw". *Tall, terrific... and trouble*, wie es auf dem amerikanischen Plakat des Triumph-Kinos hieß, wo der Film in Erstaufführung gezeigt wurde.

Ihre Bluse aus heller Rohseide klebte am Leder des Sitzes, und in der Wut beschleunigte sich ihre Atmung unter der erstickenden Hitze. Ihre Brüste standen denen des Hollywood-Stars in nichts nach. Gin war äußerst schön.

Ihr eng taillierter Rock war über das Knie gerutscht; die Schere ihrer langen Schenkel öffnete und schloß sich unwillkürlich, um sich durch das leichte Umwälzen der glühend heißen Luft ein wenig Frische zu verschaffen, was aber nur den Effekt hatte, daß die Luft durch den turbulenten Druck noch heißer wurde.

»Dir bleibt noch genug Zeit, um nach Hause zu kommen«, sagte Georges und beugte sich vor, um einen Flachmann mit kanadischem Whisky aus dem Handschuhfach zu holen.

»Das reicht jetzt, George, spar dir deine Mühe.«

»Reg dich nicht so auf«, meinte er und bemühte sich um ein ungezwungenes Lachen.

»Ich reg mich nicht auf. Ich will nach Hause. Und zwar sofort.«

Er schraubte den Verschluß ab, der als Becher diente, goß ihn dreiviertel voll und bot ihn mit einem Lächeln, das verführerisch sein sollte, Gin an.

»Was bildest du dir eigentlich ein?« fauchte sie ihn an, während sie sein Angebot mit einer schroffen Geste zurückwies. »Daß du mich besoffen machen kannst?«

Der Mond überzog die Chromteile des Wagens mit einer zinkfarbenen Schattierung wie in einem Gedicht von Verlaine.

»Wir könnten uns gemeinsam besaufen«, schlug er vor. Dabei schüttelte ihn die Schärfe des Alkohols.

»Es gibt absolut nichts, was wir gemeinsam tun könnten«, schnitt sie ihn ab.

»Ich dachte einfach, wir könnten was zusammen trinken, glücklich sein. Was willst du mehr?«

»Zurück nach Hause.«

Im Radio jammerte ein Bluessänger mit schwarzer, Kaugummi kauender Stimme. So schwermütig, daß sie sogar einen Überlebenden von Dien Bien Phu zum Heulen gebracht hätte.

»Zurück nach Hause, zurück nach Hause«, ahmte Georges sie nach. »Du redest ständig nur davon... Aber das kann warten...«

»Meine Eltern erwarten mich um Mitternacht. Jetzt ist es nach zwei Uhr... Deshalb will ich zurück, und zwar sofort«, erklärte Gin. »Als du mich zu deinen Freunden eingeladen hast, hattest du versprochen, mich auf der Stelle heimzubringen, wenn ich es wollte...«

»Mach dir keine Sorgen, ich bring dich heim, aber ich will wissen, warum du nie mit mir tanzen willst...«

»Wenn du es genau wissen willst, ich laß mich nicht gern berühren«, erwiderte sie, »weder von dir noch von einem anderen.«

Er nahm einen kräftigen Schluck Whisky direkt aus der Flasche, ohne sich die Mühe zu machen, den Becher einzuschenken.

»Hör auf zu trinken. Mit dem, was du heute Abend schon getrunken hast, kannst du bald nicht mehr fahren...«

»Ich hab keine Lust zu fahren, ich hab Lust, dich zu küssen«, meinte Georges und versuchte, sie von links zu umschlingen.

Sie stieß ihn brutal zurück, hob die Hand, um ihn zu ohrfeigen, doch die Hand zögerte, sank zurück und besänftigte sich wieder.

»Laß uns heimfahren, einverstanden?« sagte sie mit sanfter, flehender Stimme.

Ihr Bauch schmerzte und war wie immer, wenn ihre Regel kurz bevorstand, dick aufgebläht.

»Küß mich einmal, ein einziges Mal, und ich fahr dich sofort heim«, flüsterte Georges, während er sich ihr näherte.

»So siehst du aus! Los, fahr endlich zu... Ich bitte

dich...«

»Nicht bevor du mich geküßt hast. Alle haben dich geküßt, Pat, Bernard, Henri... Warum ich nicht? Was haben sie mehr als ich, hä? Kannst du mir das mal sagen? Ich bin besser gebaut als sie, ich habe mehr Geld...«

»Und du bist ein größeres Arschloch«, unterbrach sie ihn.

Sie bedauerte sofort, was sie gesagt hatte. Ihr wurde bewußt, daß er stockbesoffen war und daß er bösartig werden konnte, aber sie hatte sich nicht davon abhalten können, ihn zu verletzen. Sie spürte deutlich, wie ein Schweißtropfen ihren Rücken runterlief.

»Und du, du bist eine Nutte!« erwiderte er hart und nahm noch einen Schluck. »Mir reicht's. Ich will dich endlich bumsen... Mit deinem Gehabe, von wegen dich nicht berühren zu lassen, ich weiß genau, daß du mit Manu bumst... Erzähl mir bloß keine Märchen, und hör auf die gekränkte Jungfau zu spielen, du bist nur eine Nutte!«

»Hat dir deine Mutter nicht gesagt, daß man sich nicht mit Nutten einläßt?«

»Weißt du was?« brüllte er. »Ich hab die Schnauze gestrichen voll, von einem Weniger als Nichts, das sich für ein junge Dame hält, derart behandelt zu werden. Du hast mit Manu gebumst? Gib's ruhig zu.«

»Natürlich hab ich mit Manu geschlafen. Warum auch nicht?«

»Willst du mir noch mehr Märchen auftischen? Du weißt genau, daß ich dir kein Wort davon glaub!«

»Jetzt reicht's mir aber, laß mich in Ruh und bring mich heim.«

»Also, du hast mit ihm gevögelt?« insistierte er. »Und du meinst, daß ich das einfach so schluck?«

Georges drückte auf den Zigarettenanzünder. Seine Hand zitterte.

Ganz in der Nähe maunzte ein Kätzchen und gab Töne von sich wie ein Kind, dem es an den Kragen geht.

»Du nimmst mich auf den Arm«, bemerkte Georges mit einem angestrengten Lächeln. »Du willst mir nur weismachen, daß du mit Manu gevögelt hast, weil du mich loswerden willst, aber ich weiß genau, daß du lügst.«

»Frag ihn doch selbst, er kommt morgen zurück. Was ist mit deinen Augen, geht es noch nicht besser seit deinem Autounfall?« setzte sie hinzu, um das Thema zu wechseln.

Er zögerte einen Augenblick, wand sich ein wenig auf seinem Sitz, fällte eine Entscheidung und beugte sich über sie. Dann sprach er ganz leise:

»Immer noch dasselbe. Man weiß nicht, ob es von den Augen oder von den Nerven kommt, aber seit ich durch die Windschutzscheibe geflogen bin, sehe ich keine Farben mehr... Color-blind, wie die Amerikaner sagen. So wie du da sitzt, seh ich dich in Schwarz-weiß...«

Er setzte einen entsprechenden Blick auf, kleidete seine Rede in den hehren Tonfall der Aufrichtigkeit, beugte sich erneut über sie und sprach noch etwas leiser:

»Küß mich ein einziges Mal, nur einmal und ich schwöre dir auf das, was mir am Heiligsten auf dieser Welt ist, auf den Kopf meiner Mutter, daß ich dich zurück nach Hause fahre.«

»Aber nur, wenn du mir das schriftlich gibst, in einen Umschlag steckst und per Einschreiben an mich schickst. Ich schau dann mal, was ich für deine Mama tun kann«, meinte Gin. Sie ließ sich nicht reinlegen.

Er wollte eine Pall Mall aus seiner Schachtel rausrutschen lassen, aber er stellte sich so ungeschickt an, daß die Zigarette vor Gin's Füßen auf die Fußmatte fiel.

Sie bückte sich, um sie zwischen ihren Beinen aufzuheben, als sich Georges auf sie warf und in seine Arme einschloß. Um zu verhindern, daß sie sich aufrichtete, drückte er mit seinem ganzen Gewicht gegen sie. Er grapschte ihr mit vollen Händen an den Busen, und eine Brust befreite sich aus dem engen Stütz-Büstenhalter. Eine Hand fuhr brutal über ihren Bauch und bedrängte ihren Schamhügel in begieriger Umklammerung.

»Laß mich, du tust mir weh!« rief sie so fest sie nur konnte.

Georges versuchte nun, sie zu küssen, indem er über

ihren Hals streifte, doch sie schüttelte heftig mit dem Kopf, um seinen Lippen auszuweichen. Ihr Bauch schmerzte sehr. Ein enormer Schmerz. Seine Hand setzte sich mit Gewalt in ihrer Unterhose fest. Während sie sich sträubte, spürte sie plötzlich den zurückgeschnellten Zigarettenanzünder zwischen den Fingern. Sie zog ihn aus der Halterung und setzte ihn aufs Geratewohl ein, indem sie mit all ihren Kräften drückte.

Knapp hinter dem rechten Ohr von Georges knisterte die Haut unter dem Gestank verbrannter Haare. Er stieß einen Schrei aus und ließ sie los. Zwei Zentimeter vor der Verbrennung hielt seine Hand schließlich inne.

»Du Miststück, das wirst du mir büßen...«

I'll be glad when you're dead you Rascal You, sang im Radio die Stimme eines Lastenaufzugs, der seit Jahren mit dem Ölkännchen verkracht ist.

Gin öffnete die Tür, brachte ihren Rock und ihren Büstenhalter in Ordnung und suchte schnellen Auges nach einem Fluchtweg.

"Auf der Straße könnte mich Georges leicht wieder einholen", sagte sie sich. "Also muß ich den Berg runter bis zur Küstenstraße... Dort werde ich bestimmt noch ein Taxi finden, und wenn mir dieses Riesenarschloch an den Fersen klebt, kann ich immer noch an der Tür einer der Villen klingeln..."

»Gin! Komm zurück!« belferte Georges, als er sah, wie sie über den Seitenstreifen der Straße sprang... »Bist du verrückt!«

Sie verlangsamte ihren Lauf, um nicht zu stolpern und den steilen Abhang hinunterzustürzen, aber die Nacht war zu dunkel, so daß sie den Kieselsteinen nicht ausweichen konnte, die sich unter der dünnen Sohle ihrer Ballerinas drehten. Das Gefälle war stärker als sie gedacht hatte. Sie bemühte sich, im Zickzack von Baum zu Baum zu laufen und sich an den Stämmen kurz festzuhalten, um ihre Geschwindigkeit zu verringern. Als sie sich plötzlich an einem Jujubenstrauch kratzte, schrie sie vor Schreck auf, und der brennende Schmerz brachte sie so sehr aus dem Gleichgewicht, daß sie zur linken

Seite ein gutes Dutzend Meter hinunterfiel und ein Geröll aus scharfen Flintsteinen mit sich riß. Sie blieb schließlich am Stamm einer Pinie hängen, die fast horizontal über den abrupten Abhang hinausgewachsen war. Ihr Herz schlug wie verrückt.

Sie verharrte eine Zeit lang regungslos, bis sie wieder zu Atem kam, und bemühte sich, mit Hilfe trockener Erde das Pinienharz zu entfernen, das an ihren Händen klebte. Ihr Oberschenkel tat sehr weh, blutete aber nicht. Eine Schürfwunde zog sich wie ein großer Fleck vom Knie bis zur Hüfte. "Bloß nicht in Panik geraten, bloß nicht in Panik geraten..." Sie erhob sich vorsichtig, wischte sich mit der Hand ein wenig den Dreck von den Kleidern und warf einen unruhigen Blick um sich. Georges war ihr nicht gefolgt.

Er hatte es wohl versucht, doch nach einigen Metern aufgegeben. Es kam gar nicht in Frage, seine wunderbaren Mokassins mit den Troddeln zu ramponieren, die er diesen Nachmittag erst für teures Geld bei Manfield gekauft hatte, dem Schuhgeschäft am Edmond-Doutté-Platz, das gerade sehr in Mode war und an dessen Auslagen Casablancas Jugend aus besserem Hause vorbeidefilierte.

Er war zum Auto zurückgekehrt, hatte einen großen Schluck Whisky genommen und dabei mit der Zunge geschnalzt. Er betrachtete die häßliche Schwellung hinter seinem Ohr aufmerksam im Rückspiegel und sprach dabei das Wort Miststück mindestens ebenso oft aus wie das Wort Nutte. Er zog eine Grimasse, als er die Wunde mit seinem zuvor in 45prozentigen Kornbranntwein getauchten Finger abtupfte.

Er sagte sich: "Der Onkel Doktor hat bis morgen Zeit" und setzte den Motor wieder in Gang, ohne die Scheinwerfer anzumachen. Seine Nase klebte an der Windschutzscheibe, um die nächste Kurve nicht zu verfehlen, als er die Straße entlang fuhr, die den Berg von Anfa in Richtung Küstenstraße hinabführte.

Der V.8-Motor mit den optimal eingestellten Kipphebeln verursachte fast kein Geräusch.

Drei Uhr morgens. Gin fühlte sich in Sicherheit. Den schwierigsten Teil der Strecke hatte sie hinter sich gebracht. Von oben gesehen hatte sie noch rund zwanzig Meter bis zu einer kleinen Straße, die unten vorbeiführte.

Dann brauchte sie nur noch die Straße überqueren, um ein weniger unwegsames Gelände zu gewinnen, das in sanftem Gefälle zum Meer hinabfiel, mit einigen in eine extravagante Vegetation gebetteten Villen, von denen weder Licht noch sonst ein Lebenszeichen ausging.

Im benachbarten Douar bellte sich ein Hund die Lunge aus dem Leib.

Sie stieg langsam und mit äußerster Vorsicht den steinigen Steilhang hinab, der fast senkrecht auf die Straße hinunterfiel. Ihr Gewicht riß sie nach unten und die letzten Meter brachte sie, um ihr Gleichgewicht zu bewahren, mit weit ausgreifenden Schritten hinter sich. Ohne weitere Schwierigkeit kam sie zum Straßenrand, aber mit soviel Schwung, daß sie unweigerlich zur anderen Seite hin weiterspringen mußte.

Sie hatte gerade die Straßenmitte erreicht, als zwei Scheinwerfer angingen und sie mit ihrem blendenden Licht erfaßten.

Sie schrie laut auf vor Schreck, hörte aber nicht auf weiterzulaufen. Georges bremste, schleuderte den schweren amerikanischen Wagen voll in den Straßengraben, ohne Rücksicht darauf, ihn dort möglicherweise nicht mehr rauszubekommen, und sprang aus dem Wagen.

Gin lief so schnell sie konnte auf eine der großen Villen in typischer Kolonialarchitektur zu, die sich hinter einer unglaublichen Wucherung von Bougainvilleas verschanzte. Zwischen ihren beschleunigten Herzschlägen hörte sie deutlich Georges Atem. Eine große, weiß gekalkte Mauer umgab die Villa wie ein Gürtel, dessen einziges Loch ein scharzes Gitter mit scharfen Spitzen bildete, das eine dicke Kette mit Vorhängeschloß sicherte.

Ohne in ihrem Lauf langsamer zu werden, stürzte sie

dem Gartentor entgegen. Sie erkannte die Klingel gerade noch, als sie auf das geschmiedete Eisen prallte. Keuchend streckte sie die Hand aus, um die Klingel zu drücken. Mit einem Bellen, das aus der tiefsten Hölle kam, tauchte in diesem Moment die schwarze, mit dem Gebiß eines Krokodils bewaffnete Schnauze eines Dobermanns zwischen den Gitterstäben auf.

Sie machte einen Satz zurück, um den scharfen Zähnen des Ungeheuers zu entgehen, und begann die gekalkte Mauer entlangzurennen, wobei sie ein jämmerliches Quieken von sich gab. Ihre Atemzüge wurden immer kürzer, ihr Herz schlug wild hin und her, ihre Kräfte verließen sie. Die schwarze Silhouette des Dobermanns lief blutrünstig knurrend weniger als einen Meter über ihrem Kopf auf der Mauer entlang.

Hinter sich spürte sie den heißen Atem von Georges.

Einige umherirrende Hunde antworteten hin und wieder dem Gebell des Ungeheuers. Zwischen den schlecht verfugten Brettern einer Hütte des nahen Douars erschien das schwache Licht einer zitternden Petroleumlampe.

Mit ausgepumpten Lungen, fast am Ersticken lief Gin taumelnd in seine Richtung. Sie stolperte über den Stumpf einer Palme, der aus einem Schotterhaufen herausragte, richtete sich unter erstickten Klagelauten wieder auf, verlor auf einem wackeligen Stein das Gleichgewicht und fiel erneut auf die Knie. Als sie sich wieder erheben wollte, legte sich Georges Hand auf ihren Nacken und drückte sie auf den Boden runter.

Sie fiel in den Staub und wurde von Georges Körper, der sie niederdrückte, zur Bewegungslosigkeit verurteilt.

Er schnaufte wie ein Walroß, als er versuchte, ohne den Druck zu vermindern, ihr den Rock runterzuziehen.

Tropfen heißen Schweißes, schmierig wie Brillantine, regneten auf Gins nackte Schultern. In ihrem Widerwillen fand sie die Kraft, sich auf einen zerschrammten Ellbogen zu stützen und ihm ins Gesicht zu spucken.

Georges schlug mit geballter Faust auf sie ein, doch sie

spürte nicht, wie die Haut über ihrem Backenknochen aufsprang. Die Flintsteine unter ihrem Nacken stachen ihr ins Fleisch. Sie zerkratzte ihm die Kopfhaut bis auf die Knochen.

Er ergriff einen großen, flachen, ungefähr fünf Kilo schweren Stein, drückte ihn mit Gewalt auf ihr angeschwollenes Gesicht und drehte ihn mehrmals hin und her, wobei er die offene Backe zerquetschte.

Als sie die pomadigen Schweißtropfen auf ihrem Bauch spürte, überkam sie ein solcher Brechreiz, daß sie ohnmächtig wurde.

2

Manu schaute auf seine Uhr. Die beiden Zeiger zogen eine weißglühende Spur in die Dunkelheit. Halb vier.

Das Armband hat die Haut unter dem alten Leder feucht werden lassen.

Die Khaki-Uniform der Sahara-Kompanien, die er trug, war von der langen Bahnfahrt zerknittert und zeigte feuchte Flecken und lange weißliche Spuren, die der salzige Schweiß hinterlassen hatte.

Der Araber ihm gegenüber am Fenster schlief nicht. Quer über seine Knie hatte er es seinem achtjährigen Sohn bequem gemacht, der sich an das grobe Tuchleinen eines alten Soldatenmantels schmiegte. Der Kopf des schlafenden Jungen ruhte in der einzigen Hand des Vaters.

Neben ihm saß, an seine Schulter gelehnt, seine Tochter Fathyia und schlief ebenfalls. Sie hatte ihren jüngsten Bruder fest in die Arme geschlossen. Ihr Seidenkopftuch, das eher rumänische denn marokkanische Muster aufwies, war aufgegangen und ließ eine Flut schwarzer Haare hervorschauen, die nach Henna schimmerten. Die entzückenden Locken versteckten die großen, jetzt geschlossenen Augen, die ausgiebig mit Kajal geschminkt waren, ebensowenig wie die einzigartige blaue Tätowierung auf der Stirn, die feine Nase, die kindlichen Lippen und die mit Zinnoberrot betupften Backen. Sie mußte ungefähr zwölf Jahre alt sein.

Der Araber war in Guercif zugestiegen und wollte nach Casablanca, um seine Kinder einer Schwester anzuvertrauen, während er damit beschäftigt sein würde, die einem ehemaligen Frontkämpfer und Kriegsinvaliden zustehende Rente durchzusetzen, die man ihm seit Kriegsende verweigerte, seit zehn Jahren.

Seine Frau war im Jahr zuvor gestorben, hatte er Manu anvertraut, als dieser den Kindern während eines langen Aufenthalts im Bahnhof von Fez Naschereien gekauft hatte, und die Armee war nicht in der Lage gewesen, ihm eine Arbeit zu besorgen, obwohl er zwanzig Jahre bei den Goum gedient hatte, ein Bein mit Schrappnellen gespickt, sein Kopf wie ein Fußball zusammengeflickt und seine linke Hand amputiert worden war. Sie hatten ihm nicht mal einen Posten als Parkwächter gegeben.

Seine Ehrenmedaille, die er auf dem Aufschlag seiner Jacke trug, mehr schlecht als recht mit einer Sicherheitsnadel befestigt, änderte auch nichts daran. Stumpfes Blech.

Manu hatte ihm versprochen, sich bei einem Freund für ihn einzusetzen, der einen hohen Posten bekleidete. Ohne allzusehr an den Erfolg zu glauben. Denn wie sollte es der Ex-Frontkämpfer anstellen, den Bakschisch zu zahlen, den man ihm zweifellos abverlangen würde, damit er die magere Pension einstreichen könnte, auf die er ein Anrecht hatte?

Ein Lichtblitz, der von außen kam, streifte ein imposantes Landhaus mit schiefergedecktem Dach, das von einem verchromten und direkt an die Wand des Abteils geschraubten Stahlrahmen eingefaßt wurde. Das angeschimmelte Schloß verschwand wieder im Dunkeln.

Aber das Licht hatte für eine Sekunde das Gesicht des Mädchens beleuchtet. Sie war unglaublich schön... Manu bedauerte es, kein Araber zu sein. Er hätte sofort um ihre Hand angehalten, ein bescheidenes Sümmchen gezahlt und sie, nachdem sie ihre Brüder umarmt und den Segen ihres Vaters erhalten hätte, auf der Stelle mitgenommen. Plötzlich ertappte er sich dabei, von einer treu ergebenen Frau zu träumen, die er den tristen Verhältnissen einer Unterdrückten entrissen hätte, und die ihm dankbar die Hand küssen und ihn "mein Meister" nennen würde.

"Lieber nicht träumen... Gin ist kein treu ergebenes Mädchen und wird es nie sein. Sie wird mir nie weder Hände noch Füße küssen. Besser ich finde mich damit ab..." Er lächelte vor Freude, als er sich vorstellte, sie am nächsten Tag wiederzusehen.

Die Schienen zwangen ihrem eingeschlummerten Körper langsame, ab und an von einem Vibrieren unterbrochene Bewegungen auf... ein wahrer Bauchtanz. Die heiße Nacht, die Finsternis, die Vorstellung von Gins Körper, die Enthaltsamkeit der letzten Monate bei der Armee, all das bewirkte mit dem Schaukeln des Zuges seine Erregung. Er bekam einen Steifen. Er schlug die Beine übereinander, um sich seiner Erektion zu entledigen. Sein Geschlecht brannte auf der Haut seiner Schenkel.

Ein Bremsen kündigte einen großen Bahnhof an. Die neben den Bahnsteigen in die Höhe ragenden Lichtmasten entflammten die Bougainvilleas, die sich an den Mauern entlangrankten, und warfen ein rot flimmerndes Licht durch das Fenster ins Abteil.

Der Araber neigte sich gegen die Scheibe, wobei er darauf achtete, daß sein Sohn nicht aufwachte. Er sperrte die Augen weit auf vor Bewunderung.

»R'bât?« fragte er ganz leise, als hätte er einen mythischen Namen wie Hollywood oder Copacabana ausgesprochen.

»Ja, Rabat«, antwortete Manu.

Der Zug blieb mit dem Ächzen der Achsen stehen. Im Waggon entwickelte sich ein lärmendes Hin und Her zwischen den Reisenden, die ihr Ziel erreicht hatten und aussteigen wollten, und den Trägern, die eiligst eingestiegen waren, um sich der Gepäckstücke anzunehmen.

Eine alte, mindestens siebzigjährige Dame, die mit der Kleidung aus einem Versandhauskatalog protzte und perfekt arabisch sprach, sah einen ihrer Koffer auf den Schultern eines mageren Jünglings nach rechts und einen anderen auf dem Kopf eines großen, fröhlichen Negers nach links verschwinden. Sie überhäufte sie in ihrer Sprache mit ungehobelten Ausdrücken und schickte ihnen Beleidigungen hinterher, die so farbenprächtig waren, wie der letzte Cinemascope-Film im Vox, "Fluß ohne Wiederkehr".

Neue Reisende, denen andere Träger vorausgingen, drängelten sich auf der Suche nach freien Plätzen in den

Gängen. Der Zug war total überfüllt.

Unter dem autoritären Griff eines Schaffners ging die Tür zum Abteil krachend auf. Ein grausames, weißes Licht fiel von der Deckenleuchte herab, überzog die vom schlechten Schlaf verquollenen Gesichter mit tanzenden Vitiligo-Flecken und brachte den kleinen Jungen zu Weinkrämpfen. Das junge Mädchen versuchte, ihn durch Wiegen zu beruhigen.

Der Schaffner warf einen kurzen Blick ins Abteil. Auf der einen Bank: zwei Flieger, darunter ein Berufssoldat, ein mit Schulterstreifen garnierter Unteroffizier, ein Araber mit drei Gören. Auf der anderen: ein Paar aus Spanien (nach der schwarzen Mantilla zu schließen, welche die Schultern der Frau bedeckte), eine schweißgebadete Schwester vom heiligen Orden der Salesianerinnen und ein Gefreiter der Meharisten.

»He, du!« blaffte der Schaffner und zeigte mit dem Finger auf den Araber. »Raus da!«

Manu taxierte den Mann. Ein kümmerlicher Kopf, dunkle Haare, rauhe Schale, stumpfer Blick, breiter Kiefer, runterhängendes Maul, die Uniform zu groß und schlecht gebügelt, eine lächerliche Schirmmütze, eine Umhängetasche aus Leder, vergoldete Knöpfe, korsischer Akzent und stolz auf seine Herkunft.

Dem Repräsentanten der französischen Eisenbahn hilflos ausgeliefert, schlug der Araber die Augen zu ihm auf, tippte seinem älteren Sohn auf die Schultern, um ihn zu wecken, und begann sich zu erheben, wobei er das Kind in seinen Armstumpf legte, um einen alten, verschnürten Tragekorb zu ergreifen, der wahrscheinlich alles enthielt, was er sein Eigen nennen konnte.

Der Schaffner drehte sich um und wendete sich an unsichtbare Personen im Gang.

»Sie haben Glück. Das sind die letzten freien Sitzplätze im Zug.«

Manu erhob sich leicht nach vorne gebeugt, um seine Erektion in der weiten khakifarbenen Sarouel-Hose zu verstecken, und nötigte den Araber mit seiner offenen Hand, sich wieder hinzusetzen. Dann sagte er:

»Diese Plätze sind nicht frei, zwei Augen im Kopf reichen, um das zu festzustellen.«

»Was mischen Sie sich da ein?« fragte der Schaffner verärgert.

»Dieser Mann und seine Kinder haben ihre Plätze bezahlt. Sie haben nicht das Recht, sie auf den Gang rauszuwerfen, nur weil sie Araber sind!«

Das Bild von Gin war noch warm und zirkulierte durch sein Blut. Er hatte immer noch einen Steifen.

»Aber das macht ihnen doch gar nichts aus, sich auf den Boden zu setzen«, meinte der Schaffner.

Hinter seiner Schulter reckte ein Paar in den Vierzigern die Köpfe, um zu entdecken, was ihrem guten Recht im Wege stand. Als sie sahen, daß der Spielverderber beim Platzwechsel ein französischer Soldat war (dessen schöne Uniform sie zweifellos mit ihren Steuergeldern bezahlt hatten) und daß er auf ungebührliche Weise die Plätze einer Ratten-Familie (bestimmt Überträger scheußlicher Krankheiten) verteidigte, waren sie aufs Höchste entrüstet.

»Aber mir macht es was aus. Ich hab's nicht gern, wenn man Kriegshelden mit dem Arsch in den Sand setzt.«

»Vielleicht mögen Sie es lieber, daß aufrechte Franzosen im Gang stehen müssen!« kreischte eine Frauenstimme.

»Schau Céleste... Laß das den Herrn Schaffner für uns erledigen«, versuchte ihr Mann sie zu beruhigen. »Denk an dein armes Herz...«

Der Schaffner knüpfte gleich daran an: »Sie sehen doch, daß diese Dame krank ist!«

»In diesem Fall wäre es mir eine Freude, wie übrigens jedem hier unter uns, ihr meinen Platz zu überlassen«, antwortete Manu und machte Anstalten, seinen Platz zu verlassen.

Der Unteroffizier der Luftwaffe erhob seinen Finger. Der Nagel war schwarz bis tief ins Bett hinein. "Noch ein Mechaniker, der sich für Saint-Exupéry hält", dachte Manu.

»Sie werden jetzt Ihre große Klappe zumachen, ist das

klar?« spuckte der Spieß. »Sonst mach ich Ihnen einen Rapport, daß Ihnen der Arsch auf Grundeis geht! Versuchen Sie noch einmal, den Schaffner davon abzuhalten, seine Pflicht zu erfüllen, und ich reiß Ihnen den Arsch auf mit meinem Rapport! Das können Sie mir glauben...«

Manu bewegte sich ein bißchen, so daß er sein Geschlecht spürte, um sicher zu gehen, daß es nicht mehr steif war. Es war zur Ordnung zurückgekehrt. Der Kopf des Feldwebels war wirklich nicht das geeignete Stimulans für einen Steifen.

»Dazu müßtest du schreiben können«, erwiderte er ganz ruhig und zündete sich eine Casa-Sports an.

Der Flieger drehte fast einen Looping auf seinem Sitz.

»Stillgestanden!«

Manu bewegte sich mit dem Oberkörper auf den Feldwebel zu, wobei er achtgab, daß er nicht auf die Füße der Ordensschwester trat, die nur in Sandalen steckten. Sie hatte ihre Nase in einen Rosenkranz aus Buchsbaum gesteckt und leierte Ave Marias in der Geschwindigkeit einer Nähmaschine herunter.

»Mein lieber Schieber, soll ich dir mal was verraten. (Um sich besser verständlich zu machen, redete er überdeutlich, ohne sich aus der Ruhe bringen zu lassen.) Seit vorgestern bin ich aus der Armee entlassen und auf dem Weg nach Hause, kapiert? Ich bin zivil. Zivil, verstehst du das? Und die Klamotten dieser verdammten Armee hab ich nur deshalb noch an, weil man mir meine geklaut hat!«

»Zivil oder nicht, solange Sie eine Uniform der französischen Armee tragen, gelten Sie als Soldat, und als solcher haben Sie höheren Dienstgraden zu gehorchen! Sobald wir in Casa ankommen, laß ich Sie von einem Sicherheitstrupp festnehmen, zivil oder nicht, ich bring Sie vors Disziplinargericht!«

Der Blick des Fliegers war drückender als die Luft.

»Du tätest besser daran, deinen Platz der Dame da zu überlassen, anstatt hier den Maulhelden zu spielen, denn dieser Herr hier (er zeigte auf den ehemaligen Goumier) hat *deinen* Krieg gewonnen, *dein* Land gerettet, und er hat seinen Platz bezahlt. Und zwar zum vollen Preis!«

»Das fehlte gerade noch«, brabbelte der Schaffner vor sich hin.

»Kommunist!« blaffte die Frau.

»Reg dich nicht auf, Céleste! Schau, du siehst doch selbst, daß der Herr kein Kommunist ist, schließlich ist er ja beim Militär«, sagte der Ehemann.

»Name, Dienstgrad, Kennummer, Waffengattung und Einheit!« brüllte der Flieger-Ufz.

»Geh vom Gas runter, sonst durchbrichst du hier noch die Schallmauer!«

»W-w-wolllen Sie mich verarschen, oder was?«

»Sieht ganz so aus.«

»Ich bring dich in den Bau!... In den Bau, jawoll!«

»Laß doch den Steuerknüppel los, du gehst mir auf den Wecker...«

Das spanische Ehepaar schien von diesem Schlagabtausch nichts mitbekommen zu haben. Er hatte, um seine petrolfarbene Hose nicht zu verschmutzen, eine karierte Stoffserviette auf seinen Knien entfaltet und aß ein Chorizo, welches er mit einem Taschenmesser, das vom vielen Schleifen fast völlig aufgefressen war, in dicke Scheiben schnitt. Sie fächelte sich Luft zu. Ihr ausdrucksloser Blick verlor sich in einer Akkordeon-Arena, wo ein über seine Zehenspitzen nach hinten geneigter Torero in den Falten des Fächers einem schwarzen, wuchtigen Stier die Stirn bot, der zu einer Cognac-Marke gehörte. Nach jedem sechsten Zufächeln klappte sie ihren Reklamefächer abrupt zu, um ihn abermals zu öffnen und ihr Ritual wiederaufzunehmen.

»Zum letzten Mal!... Lassen Sie den Schaffner seine Pflicht erfüllen!« drohte der Flieger, der fast schon erstickte.

»Fahr dein Fahrgestell aus und mach dich zur Mondlandung bereit!«

»Helfen sie mir, ihn rauszubringen«, befahl der Feldwebel dem zweiten Flieger, der noch keinen Piep von sich gegeben hatte.

Die beiden Männer standen auf, der zweite sehr viel langsamer als der erste.

Manu durchquerte den überfüllten Raum, packte den Feldwebel am Kragen und an der Koppel, ließ ihn durch die geballte Kraft seiner Faust vom Boden abheben und schickte ihn auf Steilflug. Einer perfekten Kerze, die erst von der metallischen Decke des Waggons gebrochen wurde, folgten eine akrobatische Kehre, ein Gleitflug mit weit ausgebreiteten Flügeln und eine spektakuläre Landung im Sturzflug, der mit knackenden Knochen auf der Brust dieser Insel von einem Schaffner endete.

Sie sanken in einen Haufen aufgestapelter Gepäckstücke und verursachten ein Durcheinander, das das Chaos auf dem verstopften Gang perfekt machte.

Der zweite Flieger verließ, immer noch ohne ein Wort zu sagen, in lobenswerter Eile das Abteil.

»Die Plätze für die Herrschaften sind frei!« sagte Manu mit einem nachgeäfften Knicks.

»Wird auch höchste Zeit!« baffte die Frau.

»Aber Céleste, schau, wir sollten diesem Soldaten lieber dankbar sein. Er ist sehr liebenswürdig zu uns...«

Manu setzte sich wieder hin. Fathiya lächelte ihn an, ihre Augen glitzerten wie ganze Sternbilder.

Mit der Flinkheit ihres Alters setzte sie sich anders hin, ohne dabei ihren Bruder loszulassen, ergriff Manus Hand und küßte sie.

3

Die Hütte lag außerhalb des Douars und war von einer Kaktushecke umgeben, über die sich Aloen rankten, die wie zerbrechliche Jünglinge zu schnell gewachsen waren.

Die Ratten hatten die Bretter an dem Ende angenagt, wo sie in den Boden gerammt worden waren, so daß das weiße Licht aus der Karbidlampe dicht über der Erde eine Art übernatürlichen Lichthof um die Hütte herum bildete.

Vor der wackligen Tür umrankten Weinreben wie eine pflanzliche Python die Äste eines unter dieser Last niedergedrückten Feigenbaums, schlängelten sich zwischen den rostigen Eisen eines schwankenden Tonnengewölbes, kräuselten sich zwischen den giftigen Stechapfelpflanzen und sproßen wild in die unwegsame Vegetation.

Das Karbid im Innern brannte schlecht und verströmte einen starken Knoblauchgeruch, den der taumelnde Flug einer vom Licht aufgeschreckten Fledermaus unter den Geruch von Kräutersäckchen, Pülverchen und Körner mischte, und unter den, der von den ausgetrockneten Kadavern der Raben und Chamäleons ausging.

Die alte Hexe, die in der Mitte der Bruchbude zugange war, zählte gut sechzig Jahre. Sie sah mager und abgezehrt aus, und hatte die schwarze Hautfarbe der Sudanesen, die sie durch ein leichtes Make-up aufzuhellen versuchte. Sie war vollständig in ein blaues Tuch aus dem Süden gehüllt, das von einer silbernen Spange über dem Schulterknochen zusammengehalten wurde, mit bunter Knopflochseide verziert und mit Flitter, Karneolen und entwerteten Geldstücken geschmückt war. Ihr Gesicht war entblößt, wie das der Frauen ihres Stammes, die Augenbrauen mit Safran gefärbt, die Backen durch eine Mischung aus Zinnober und Honig gerötet, die

Augen kajalumrandet und auf dem Nasenrücken fünf schwarze Punkte. Dazu Henna an den Händen und in den Haaren.

Eine Silberkette, an der Bernsteinkugeln aus Pottwal-Sekretionen hingen, bimmelte um ihren Hals während sie den Feigenschnaps umrührte, in den der Flachs, das Linium und süßer Zimt eingetunkt waren.

Ihre Großmutter hatte sie in die alten Geheimnisse der sudanesischen Hexen eingeweiht, so daß sie keinen Skorpionstich mehr fürchtete, Schlangen verschlingen und kochendes Wasser trinken konnte, und man ihr die Gabe nachsagte, mit ihrer Spucke heilen zu können.

Sie wurde Lalla Chibanya genannt, die Alte Dame, und über das Ausmaß ihrer dämonischen Kräfte waren die seltsamsten Gerüchte in Umlauf. Insbesondere verlieh man ihr die Macht, ihre eigenen Füße willentlich in andere Füße zu verwandeln, die den Umständen entsprechend praktischer waren. Für längere Reisen soll sie Kamelfüße angenommen haben; um den steinigen Hang eines steilen Berges zu erklimmen, rüstete sie sich mit Ziegenfüßen aus, und um die Meere zu überqueren, tauschte sie ihre Füße gegen Flossen ein, die nicht untergehen konnten.

Viele ihrer Kunden kamen zu ihr, weil sie Flossen haben wollten, die es ihnen ermöglichen würden, zum Arbeiten nach Frankreich zu reisen und dabei die Kosten für eine Überfahrt per Schiff zu sparen, aber sie hat es immer abgelehnt, jedermann das zu geben, was der Teufel ihr allein zugestanden hatte.

Sie nahm den verbeulten Topf, in dem die Flachskörner, das Liniumpulver und die Zimtstangen brodelten und streute über der Mixtur die Überreste eines am Donnerstag getöteten Skorpions aus.

Drei schwere Schläge ließen die Tür erbeben. Dann sprang sie unter dem heftigen Stoß eines jungen Arabers auf, der alle äußeren Anzeichen starker Erregung zeigte.

»Was ist los, Ikken?«

»Die Polizei kommt! Sie ist schon oben auf dem Hügel.«

Seine Haare, hell wie die Haare eines Berbers, breiteten sich in sorgsam mit Brillantine eingeriebenen Wellen zu beiden Seiten eines vollkommen geraden Scheitels aus. Wenn er an einen Raubvogel erinnerte, so nicht aufgrund der pejorativen Konnotation, die der Nennung dieser Vogelart anhaftet, sondern seiner edlen Gesichtszüge wegen. Die Augen verschwanden unter den grünen Gläsern einer Ray-Ban, die nicht gut zu dieser Nachtstunde paßte. Er trug Hemd und Hose, beide sehr sauber, und wer ihn nicht mit einem Pied-Noir, einem in Nord-Afrika geborenen Franzosen, verwechselt hätte, wäre schon ein ausgefuchster Bursche gewesen.

»Die Polizei. Schon hier? Nun, sie haben keine Zeit verloren...«

»Wirklich nicht, und ich glaub, daß dieselbe Roumi-Drecksau, die wir gesehen haben, die Bullen angerufen hat, und daß sie kommen, um hier eine Razzia zu machen, und uns anstelle des Schweinehunds anklagen werden, das Mädchen vergewaltigt zu haben. Sie sind keinen Kilometer mehr weit«, sagte der junge Mann, während er die äußere Umgebung durch zwei aus den Fugen geratene Bretter überwachte.

»Du hast, wie immer, recht«, sagte die Alte, die schon häufig von der Reife des Heranwachsenden überrascht wurde. »Nimm meinen jungen Sohn mit. Hast du die anderen Männer des Douars gewarnt?«

»Ja, sie sind bereits gewarnt, und viele verduften gerade. Willst du nicht mit uns kommen?«

»Nein, ich muß erst noch die Roumie richtig versorgen.«

Er näherte sich dem jungen Mädchen und fragte die Alte: »Was machst du mit ihr?«

»Ich habe ihr eine Paste aufs Gesicht gelegt, damit ihre Wunden verheilen, und jetzt muß ich noch den Adamssohn rausholen.«

»Den Adamssohn?«

»Sie soll von diesem Schwein nicht schwanger werden, dazu ist sie viel zu schön. Ich brauche nicht lange dazu. Paß gut auf meinen Sohn auf. (Dabei zeigte sie auf einen Bengel von zwölf Jahren, der im dunkelsten Winkel der

Hütte auf einer Schuhputz-Kiste hockte.) Und sieh vor allem zu, daß er seine Arbeit macht, ich lege Wert darauf, daß er Zeitungen verkauft, wie sonst auch, und daß er sich anschließend zum Schuhputzen aufmacht.«

»Du kannst auf mich zählen, Lalla Chibanya. Ich kümmere mich um Hocine wie um meinen eigenen Bruder.«

»Niemand darf etwas merken, hast du verstanden?«

»Mach dir keine Sorgen.«

Mit einer Handbewegung forderte Ikken den Jungen auf, sich zu erheben, und als der ihn erreicht hatte, legte er die Hand auf seine Schulter und sagte zu ihm:

»Ich brauche dich sowieso, Hocine, denn ich könnte die ganzen Kisten gar nicht allein tragen. (Er deutete mit seinem Finger auf ein halbes Dutzend Holzkisten, die fein säuberlich übereinander geschichtet waren.) Es müssen gut fünfzig Kilo Cheddit drin sein.«

»Müssen wir die zu Fuß bis zu deinem Vater tragen?« beunruhigte sich der kleine Kerl.

»Nein. Mit Sprengstoffkisten ist das zu weit und auch viel zu gefährlich. Ich werde in der Stadt ein Auto knacken. Willst du wirklich nicht mit uns kommen, Lalla Chibanya?«

»Nein. Ich hab dir ja gesagt, daß ich die Roumie pflegen muß.«

Ikken beugte sich über das junge Mädchen. Trotz des Balsams, der ihre Verletzungen bedeckte, fand er sie ausgesprochen hübsch. Ihr Gesicht war ganz bleich, und ihre Lippen zitterten als erzählten sie einen Alptraum. Zaghaft führte er einen Finger über ihre Oberlippe, um die Schweißperlen wegzuwischen, die sich dort gebildet hatten. Er seufzte und erhob sich mit einem harten Gesichtsausdruck.

»Wenn ich das Glück hab, diesem Hurensohn je wieder zu begegnen, massakrier ich ihn!« schwor er leise.

»Das ist nichts für dich, Ikken«, sagte die Alte.

»Für ihn wird es auch nie wieder etwas sein.«

»Ich treffe euch dann später«, sagte sie noch und forderte sie auf zu gehen. »Sei unbesorgt, ich habe keine

Angst vor der Polizei, hier respektieren und fürchten mich alle, Araber wie Roumis.«

»Nimm deine Sachen, Hocine, wir müssen jetzt gehen«, sagte Ikken und küßte die Hand der Alten Dame.

»Und vergeßt alle beide, was ihr diese Nacht gesehen habt, das ist besser so. Also, los, beeilt euch!«

»Möge Allah dich beschützen!« sagte der junge Mann noch, während er Hocine nach draußen schubste.

»*Ouhâ Jami Al Mouminine!*« schickte ihnen die Alte über die Türschwelle nach.

»*La Illah Illa Allah!*« gaben die beiden Stimmen aus der Nacht zurück.

Die warme Luft trug das dumpfe Dröhnen der Polizeiautos, die den Hügel hinunterfuhren, von weitem heran.

Lalla Chibanya schloß die Tür und verstellte die Lichtstärke, bis die Flamme flackerte. Dann setzte sie sich nahe am Kohlefeuer auf eine alte Mineralwasserkiste, wobei sie ihren Kaftan unter ihren mageren Hintern faltete.

Jetzt, wo sie allein war, verbarg sie ihre Unruhe nicht mehr.

Um sich zu vergewissern, daß die Mixtur die richtige Temperatur hatte, tauchte sie ihren Finger hinein. Sie schien damit zufrieden zu sein, wischte ihn an einem Zipfel ihres Kaftans wieder ab und holte aus einem auf dem Boden zusammengelegten Handtuch einen Docht, der aus alten medizinischen Binden geflochten war, und ein schwarzes Ziegenfell, das sie in die brodelnde Flüssigkeit tauchte.

»Es gibt keinen Gott außer Gott!« sagte sie mit leiser Stimme, während sie den Docht mühsam in den weit gespreizten Schritt des jungen Mädchens einführte, das auf einer Matte auf gestampftem Lehm lag.

Gin heulte auf, ohne zu Bewußtsein zu kommen.

4

Der Inspektor brüllte, bevor der Wagen richtig angehalten hatte. Der offenen Tür am nächsten saß Wachtmeister Gonzalès. Er sprang los, verlor das Gleichgewicht, berührte den Boden, machte drei weit ausholende, ein wenig lächerlich anmutende Schritte, richtete sich mit Hilfe des Gummiknüppels, den er wie ein Gegengewicht in der anderen Hand schwang, wieder auf, verlor seine nagelneue Schirmmütze, die in Kaskaden durch die Luft hüpfte, bis sie wie ein Crêpe in der Pfanne an Mariä Lichtmeß in sich zusammensackte, verstauchte sich den Knöchel an einem Stein, der unter dem Schnürstiefel auseinanderbrach, und fiel vor seinen ganzen Kameraden, die wohlgeordnet mit Waffen und Knüppel in der Hand zum Wagen hinausstürmten, über den Straßenrand ins Abseits.

Einen Monat zuvor hatte Emile Gonzalès die Aufnahmeprüfung zur marokkanischen Polizei mit Auszeichnung bestanden.

Eine leibliche Cousine, die ihr Bett mit einem angeheirateten Inspektor teilte, hatte ihn wärmstens empfohlen.

Besagter Inspektor namens Shumacher hatte ihn zu einem Tête-à-tête geladen, um herauszufinden, ob er ein ernsthafter Kandidat wäre oder nicht.

»Warum wollen Sie zur Polizei?«

Er ähnelte Francis Blanche, es fehlte ihm nur an Verstand, dafür hatte er ein teutonisches Organ, mit dem er einen Bunker zum Bersten hätte bringen können.

»Ich liebe die Ordnung«, hatte Gonzalès ohne Zögern geantwortet.

Die Antwort kam so prompt und war so prägnant, daß der inquisitorische Inspektor äußerst beeindruckt war.

»Lesen Sie gern?«

»Ja, ich lese enorm viel«, antwortete er, ohne die Falle

zu wittern.

»Und darf man erfahren, was Sie gern lesen?«

»Kommt drauf an... Bücher, Zeitschriften, Comics, Tintin und so...«

»Und darf man erfahren, welches Buch Sie als letztes gelesen haben?«

»Schuld und Sühne...«

Der Inspektor hatte zu Beginn der Unterredung ein großes Schulheft genommen und seither mit einem stokkenden Kugelschreiber, dessen Mine er mit der Zunge befeuchtete, alle Fragen und Antworten notiert. Der Kugelschreiber war violettblau. Wie die Zunge, die er permanent rausstreckte, damit sie ihren Dienst als feuchter Schwamm tat.

»Ach, Schuld und Sühne... Ein Polizei-Roman?«

»Nein! Das heißt... nicht ganz. Also eigentlich... nun, es ist ein Buch von Dostojewski...«

»Dostojewski?... Ein Russe? Dann ist es also ein politisches Buch?«

»Nein, nein, es ist nicht politisch«, stellte Gonzalès schleunigst richtig. »Er ist ein Russe, aber ein weißer Russe, ein Russe des Zaren...«

Sichtlich erleichtert, lachte der Inspektor laut auf.

»Ah, umso besser, umso besser... aber ich vermerke es lieber nicht in Ihrer Akte, ich notiere Tintin und so... das ist ratsamer... ich mach das nur, weil wir fast Vettern sind, aber ich gebe Ihnen einen familiären Rat: Lesen sie nicht mehr... Lesen ist nicht gut für einen Polizisten.«

Und er fügte in vertraulichem Ton hinzu:

»Lesen ist gut für Juden!...«

Gonzalès unterzog sich danach einer schriftlichen Prüfung seiner Allgemeinbildung, ungefähr auf der Ebene des Nachhilfeunterrichts für die Sonderschule. Ein ganz einfaches Diktat, ungeheuer langsam, mit einem Prüfer, der fast jeden Buchstaben einzeln aussprach und jeden doppelten Konsonanten mit Nachdruck betonte. Danach Rechnen mit Wasserhähnen, die Waschbecken füllten, mit einem undichten Rohr und dem Klempner, der nicht kommt. Zum Schluß ein Aufsatz von maximal zehn

Zeilen: Ein Tag im Leben eines Wachtmeisters.

Aber die eigentliche Prüfung, die mindestens ebenso ausschlaggebend war wie die Überprüfung des Lebenswandels, die noch folgen sollte, war die Sportprüfung: Die Hundert Meter waren in weniger als fünfzehn Sekunden zu absolvieren, beim Hochsprung lag die Stange auf einem Meter, und beim Freistilschwimmen über fünfzig Meter gab es kein Zeitlimit, und wer wollte, durfte Schwimmringe verwenden.

Das Ganze wurde mit dem Taufzeugnis abgeschlossen.

Mit einem Brief, in dem der Generalresident für das franz. Protektorat von Marokko seine Genugtuung zum Ausdruck brachte, ihn im Schoß der marokkanischen Polizei empfangen zu dürfen, und ihn dazu aufrief, seinen Mitbürgern zu dienen und beizutragen, die öffentliche Ordnung und den Frieden in unserem schönen Scherifischen Reich aufrechtzuhalten, wurde Gonzalès als siebzehnter von achtzehn Kandidaten aufgenommen.

Diesem Umstand verdankte er es, daß er sich jetzt staubbedeckt, ohne Mütze, dafür mit dickem Knöchel und wachsenden Kreuzschmerzen in einem Straßengraben wiederfand.

»Wie geht's?« fragte ein Kopf, der sich über die Mulde beugte. Seine Schultern und Aufschläge waren mit Tressen besetzt.

»Ich muß mich am Rücken verletzt haben... Tut jedenfalls weh«, antwortete Gonzalès.

»Können Sie sich bewegen?«

»Kaum...«

»Gut, dann bewegen Sie sich am besten nicht! Ist vielleicht die Wirbelsäule! Wir kommen wieder und holen Sie... Später.«

Das Dröhnen der Schritte entfernte sich in Richtung des Douars. Einige Hunde bellten kraftlos. Emile Gonzalès begriff, daß er allein war. Über seinem Graben war das Rund eines schwarzen Satinhimmels mit schillernden Pailletten aufgespannt, der schwer nach wilder Minze duftete.

Er versuchte sich zu bewegen, verzichtete dann aber lieber darauf, obwohl der Schmerz verschwunden zu sein schien. Er spürte die Wurzel eines Feigenbaums, die durch Erdarbeiten zur Hälfte bloßgelegt worden war. Es sah ganz so aus, als sei sie der Grund seines Leidens gewesen. Ein unbeständiger Schimmer, der von Osten heraufzog, ließ die Nacht langsam erröten. Der Tag war nicht mehr fern.

Er träumte vom Frühstück, als ganz in seiner Nähe Zweige knackten.

Gonzalès umfaßte den Griff seines Knüppels mit fester Hand, hielt seinen Atem an und spitzte die Ohren. Angst erfaßte ihn.

Zwei junge Araber zogen nahe an ihm vorüber und entfernten sich, ohne ihn gesehen zu haben. Es breitete sich wieder vollkommene Stille aus. Nach einem langen Augenblick entspannte er sich erleichtert und grinste über seinen ängstlichen Reflex.

Eine Maschinengewehrsalve ließ ihn hochfahren. Ein blondes Etwas sprang ihm gegen den Kopf, prallte ab und schlug sich in die Büsche. Eine Wüstenspringmaus, die er an ihrem springenden Gang erkannte.

Die Nacht wurde von Zurufen, Schreien und kurzen Gewehrsalven erfüllt.

Er tastete nach der Waffe in seiner Pistolentasche, fragte sich, ob er angesichts eines plötzlichen Gegners Gebrauch von ihr machen sollte, und mußte sich eingestehen, daß sein Training noch zu sehr in den Anfängen steckte, um die geringste Chance zu haben. Eine Frau heulte auf, und weitere, noch spitzere Schreie folgten ihr: zweifellos Kinderschreie.

Gezeter und Gebrüll, wütende Proteste, das Scheppern von Waffen und Ausrüstung näherten sich, irgendetwas wurde festgezurrt. Er stellte sich vorsichtig auf seine Beine, indem er sich an einer erdigen Wand abstützte, um kein Gewicht auf seinen verletzten Knöchel zu legen, und schaute zu, wie der Bullentrupp völlig ungeordnet eintraf.

»Da Sie sich schon wieder aufrecht halten, können Sie

auch selbst in den Krankenwagen steigen!« ordnete der Kopf auf tressenbesetzten Schultern an.

In seiner Stimme hallte noch der Klang des glorreichen Sieges wider.

Ein Kollege half ihm, die Böschung hochzukraxeln, und zu seiner eigenen Überraschung simulierte Gonzalès die Schmerzen, die er gar nicht mehr hatte. "Hatte er diese Schmerzen vielleicht nur erfunden, um an der Operation nicht teilzunehmen? War er etwa ein Feigling?" Er konnte keine Antwort darauf finden; er dachte viel zu sehr an sein Frühstück.

Er wartete, bis zwei Bullen eine Tragbahre in den Krankenwagen geschoben hatten, bevor er hineinkletterte. Obwohl er sich gut hätte hinsetzen können, streckte er sich auf einer zweiten Bahre daneben aus. Nach all dem schmerzte ihn erneut sein Knöchel...

Bevor einer der Bullen die Tür des Krankenwagens zumachte, sah er noch wie die anderen ein Dutzend heulender Frauen rücksichtslos in die vergitterten Renaults stießen.

Beim ersten Rumpeln des Wagens fiel der hin und her wackelnde Kopf eines jungen Mädchens auf seine Seite. Ihr Gesicht war völlig entstellt.

5

Georges bog in den Bahnhofsboulevard ein. Vor dem wie ausgestorben daliegenden *Roi de la Bière* fragte er sich, ob er noch ein Glas im *Sa Majesté* trinken sollte oder nicht, überlegte sich, daß es da drin sehr heiß sein würde, und sagte sich dann, daß er am besten noch ins *Las Delicias* ginge, um einen Happen zu essen. Dort würde er sicherlich einen Kumpel treffen.

Die Arkaden des Boulevards waren verlassen, aber die auf der Fahrbahn verstreut herumliegenden Abfälle bewiesen, daß der Fackelzug hier durchgekommen war. Im aufwirbelnden Kielwasser des Buicks kreiselten die Hülsen der explodierten Knallfrösche im kalten Pulvergeruch, und ein paar zerknüllte Tüten raschelten über das Mosaik des Trottoirs.

Georges warf einen Blick auf seine Uhr. Bald vier. Die Nacht bleichte aus. Er parkte seinen Wagen vorschriftsmäßig hinter einer Vespa, genau vor das Rechteck aus grellem Licht aus Casablancas einzigem, die ganze Nacht über geöffneten Restaurant. Bevor er die Schlüssel fest in seine Faust einschloß, ließ er sie noch zwei, dreimal in der offenen Hand bimmeln. Dann stieß er die Kneipentür auf.

Die schlechte Beleuchtung ließ ihn die Augen zusammenkneifen. Einige unbekannte Gäste teilten sich angebrannte Fleischspieße auf einer schwammigen Unterlage aus klebrigem Reis. An einem anderen Tisch saß der lange Ferton und zog ein Gesicht wie jemand, der seinen Geldbeutel im Taxi liegengelassen und deshalb hoch und heilig versprochen hatte, daß er noch am selben Tag zurückkommen würde, um seine ölige Paella und sein halbes Dutzend Biere zu bezahlen. Er war mit einem Kumpel da, den Georges nicht kannte.

Georges tat so, als würde er ihn nicht erkennen, und ließ sich auf einen Stuhl nieder, was er noch im selben

Moment bereute, da er ihn nicht vorsichtshalber abgewischt hatte. Er erhob sich gerade soviel, daß er eine nicht mehr ganz saubere Serviette unter seine weiße Hose legen konnte. Es war offenbar Wein.

»Du solltest deine Stühle auswechseln und statt denen hier lieber Rohrstühle anschaffen, dann bräuchtest du sie nicht jeden ersten Donnerstag im Monat putzen«, sagte er zu Louise, der Tochter des Besitzers, die sich in den Hüften wiegend näherte.

»Wenn du Augen im Kopf hättest statt Löcher, hättest du gesehen, daß ich den Tisch noch nicht abgewischt habe. Was hast du denn da am Kopf? Sieht aus wie geronnenes Blut im Haar. Hat man dich skalpieren wollen?«

»Nichts Schlimmes. Braucht dich nicht zu kümmern. Ich würde gern etwas essen, das wie ein Steak aussieht, mit...« fuhr er fort und legte dabei seine Autoschlüssel großkotzig auf den Tisch.

»Es gibt nur noch Fleischspieße und Paella«, unterbrach sie ihn und wechselte das Papiertischtuch aus.

»Und das nennt ihr Restaurant?«

»Nenn es wie du willst«, erwiderte Louise, während sie einen Reklame-Aschenbecher vorschob, dessen Bakelit durch die vielen schlecht ausgedrückten Kippen wie Geschwülste aufgequollen war.

»Und diese Kaschemme "Las Delicias" zu nennen, soll wohl iberischer Humor sein, oder was?«

»Georges«, antwortet sie ohne die geringsten Anzeichen von Verärgerung, »seit Mitternacht haben wir den 14. Juli, National-Feiertag, wie du weißt, und du kannst mir glauben, es war eine verdammt heiße Nacht. Fast zweihundert Gedecke und nicht ein Gast, der nüchtern geblieben ist. Deshalb gibt's nichts Großartiges mehr aus der Küche. Und jetzt hör endlich auf, mir ans Bein zu pinkeln, sag mir lieber, was du noch futtern willst, damit ich mich in die Falle hauen kann.«

»Seh ich dich morgen?« fragte er sanft.

»Um was zu machen?«

»Um sich zu lieben, zum Beispiel.«

»Mein Hintern hat alles, was er braucht«, meinte sie nur, ohne aufzuhören, die anderen Tische abzuwischen. »Ich habe zwei Liebhaber: einen der mich vögelt, und einen der mich arschfickt. Für dich hat es da keinen Platz mehr. Also, was willst du futtern? Entscheid dich!«

»Bring mir Fleischspieße, aber nicht zu sehr angebraten, und einen Stork mit viel Eis. Oder halt, zwei!« fügte er hinzu, als sie sich entfernte.

Plötzlich flog unter dem heftigen Stoß eines jungen Marokkaners, der einen Stapel Morgenzeitungen über dem linken Arm trug, die Tür auf. »Der Marokkaner! Morgenausgabe! Der Marokkaner! Morgenausgabe!« schrie er, und hielt eine Zeitung in den Raum. Georges hob den Finger.

Der junge Araber kam zu ihm und starrte ihn an.

»Willst du ein Foto von mir, oder was?« blaffte Georges und entriß ihm eine Zeitung.

Er warf ein Geldstück auf den Tisch.

»Viel'n Dank, Missiöh... Der Marokkaner! Morgenausgabe! Der Marokkaner! Morgenausgabe!« schrie er weiter, während er sich zwischen den Tischen hindurchschlängelte.

Georges schlug sofort die Sportseite auf. Jacky Vallerey hatte gerade bei den nordafrikanischen Jugendmeisterschaften die 100 Meter Rücken in einer Minute, achtzehn Sekunden und neunzehn Hundertstel gewonnen, was Georges aber schon tagsüber erfahren hatte. Der Rest der Seite war der Tour de France (Bobet ging natürlich als Favorit ins Rennen) und einem Interview mit Nicole Pélissard gewidmet, einem Mitglied vom Komitee des französischen Jugendverbandes. "Die ist bestimmt nicht schlecht zum Vögeln...", dachte er. Georges überblätterte das Feuilleton, das er gar nicht mochte – diesmal ein Artikel über den Film »Herr Satan persönlich« von einem gewissen Orson Welles – und begann die Lektüre mit seinem Lieblingscomic: Chéri-Bibi von A. Gaston Leroux, gezeichnet von Foz. "Der Wagen rast in Richtung Fernando Valley los. Doch wohin fahren wir, fragt Chéri-Bibi..."

»Hast du gesehen, der kleine Vallerey hat gewonnen, der ist vom Holz, aus dem die Champions sind!« sagte der lange Ferton, während er sich ihm gegenüber hinsetzte.

»Wenn du Kohle brauchst, dann warte gefälligst, bis ich die Zeitung zu Ende gelesen hab, bevor du mich darum bittest. Wenn du aber keine brauchst, frage ich mich, was du an meinem Tisch zu suchen hast?«

»Aber?... Ich wollte dir einen ausgeben.«

»Gib mir erstmal meinen Regenmantel zurück.«

»Ich schwör's dir, Georges, dein Regenmantel ist mir gestohlen worden, ich schwör's dir auf den Kopf meiner Mutter, daß er mir gestohlen wurde. Entweder ich finde diesen Regenmantel wieder und verprügel den, der ihn gestohlen hat, bis sein Kopf so dick wie der Arsch seiner Mutter ist, oder ich ersetz ihn dir, sobald er mir die Kohle gegeben hat. Du weißt doch, daß du mir vertrauen kannst, Georges, daß ich mein Wort halte...«

Während er seine Rede mit einer guten Portion hausgemachter Aufrichtigkeit bestrich, erinnerte er sich an diesen Regenmantel.

Ein grauer Tag, an dem es wie aus Kübeln pißte. Kein Pfennig mehr in der Tasche, keine einzige Zigarette mehr im Perlmutt-Etui, in dem nicht seine Initialen eingraviert waren. Er hatte zu Georges, der auf seiner Cosy in der Ecke hustete, gesagt: »Leih mir mal deinen Regenmantel, ich geh schnell zu Brahim, eine Schachtel Zigaretten auf Kredit holen.« Nachdem Georges einverstanden war, hatte er sich rasch den neuen Trenchcoat übergezogen, war hinter den Bretterzaun am Place de France gerannt und hatte einen Sturz der Aktienkurse von Burberrys verursacht, weil er den Regenmantel für so gut wie nichts an einen Trödler verkaufte. Dann hatte er seine Luckys bar bezahlt, sich in ein Taxi verkrochen, das im naßkalten Dunst Schweißtropfen perlte, und den restlichen Nachmittag damit verbracht, sich in einer Brasserie an der Küste mit Bier vollaufen zu lassen. Und jetzt brachte Georges eine Geschichte wieder aufs Tapet, die schon sechs Monate zurücklag.

»Gib mir meinen Regenmantel zurück oder zieh Leine!

Geh zu deinem Kumpel zurück!«

»Ich bin der einzige, der sich bemüht, dich riechen zu können, aber wenn du dich auf diese Weise erkenntlich zeigst, hau ich lieber ab, doch du solltest etwas nicht vergessen... (und als Georges keine Anstalten machte, sich auch nur einen Deut für das fragliche Etwas zu interessieren, fuhr er schnell fort:) Du solltest wirklich nicht vergessen, daß Manu zurückkommt!«

»Hau ab!«

Er hatte zuviel getrunken, fühlte sich müde. Ein an den Ecken abgestoßener Spiegel warf ihm sein Bild zurück. Das Weiß seiner Augen war rot und feucht.

»Hau ab!«

Ferton wich zurück und ging wieder an seinen Platz. Er zeigte sich zufrieden und war sich sicher, ins Schwarze getroffen zu haben.

Bevor er sich hinsetzte, schleuderte er ihm noch mit lauter Stimme zu:

»Und vergiß auch nicht, daß Manu aus der widernatürlichen Vereinigung von Zorro, dem Mann mit der Peitsche, und Jeanne d'Arc in Kettenhemd und Strumpfhaltergürtel hervorgegangen ist!«

Georges tat so, als hörte er nichts.

Die Fleischspieße kamen, an den Rändern versengt, gefolgt von zwei sprudelnden Bieren. Georges schaute Louise nicht mal an.

Wieso hat mir dieses große Arschloch Manu an den Kopf geworfen? Um mir Angst zu machen? Was kann er über Gin und mich wissen? Nichts, das ist unmöglich... Er blufft. In Casa weiß jeder, daß ich alles unternommen habe, um sie zu vögeln, ich habe mein Spiel nie versteckt. Aber niemand kann wissen, daß ich sie eingemacht habe, diese Schlampe! Niemand hat mich gesehen. Und zu dieser Uhrzeit hat die Polizei sie nach meinem anonymen Anruf gerade mal abholen können... Haben sicher nichts gemerkt, die Arschlöcher. "Hallo, Polizei? Ich habe gerade gesehen, wie eine Bande von Arabersäuen eine Europäerin überfallen haben, in der Nähe der Allee des Caroubiers in Anfa... Machen Sie schnell!" Was Gin angeht, wird sie aus eigenem Interess ihr Maul halten, wenn sie nicht noch eine geballte Ladung in den Arsch und in die Fresse will! Die wird mir nicht mehr einen auf Jungfrau machen, diese Nutte...

Auf alle Fälle liegt es in ihrem Interesse, glauben zu machen, daß die Ratten sie überfallen haben, um ihr die Kohle zu klauen. Die Polizei wird das aufs Konto der Attentate buchen. Eines mehr... Und sie kann sich immer noch Zitronensaft auf die Muschi träufeln, das soll sie angeblich wieder frisch machen.

Ich werde den Bullen sagen, daß ich auf eine Soirée zu Freunden gegangen bin... daß wir uns im Laufe der Fahrt wegen eines idiotischen Gesprächs gerangelt haben, und daß sie an einer Ampel die Gelegenheit nutzte, um aus dem Wagen zu springen... Nein, das paßt nicht... In der Gegend gibt's keine Ampeln. Beim Bremsen... Ja, das ist es, beim Abbremsen...

Ist doch wasserdicht, meine Geschichte... im übrigen ist sie fast wahr... Und dann, mit meinen Beziehungen!... Mama geht momentan mit dem großen Malatesta ins Bett, man kann sich keine besseren Beziehungen wünschen: der Zivilgouverneur von Casablanca!

Und wenn die Bullen nachhaken (aber warum sollten sie nachhaken?) würde ich mich ein wenig dumm stellen und zugeben, daß Gin und ich, nun, daß wir uns nicht wegen einer Diskussion in die Haare gekriegt haben, sondern weil ich etwas zudringlich war, weil ich an ihr rumfummeln wollte...

Die Bullen werden sich schief lachen. Die verstehen das. Sind ja schließlich auch Männer.

Und sollte es notwendig sein, kann Louise immer noch guten Glaubens bezeugen, daß ich heiter und vergnügt war, und überhaupt nicht aussah, wie jemand, dem man etwas vorwerfen könnte... Also warum hat dieses blöde Arschloch mit diesem drohenden Blick vorhin Manu erwähnt? ...alles Bluff.

Er nahm wieder seine Zeitung zur Hand. Fünfzig Kilo Cheddit bei Aïn-Diab gestohlen, verkündete die Schlagzeile. Im Laufe der vergangenen Nacht sind Unbekannte in ein Sprengstofflager eingedrungen, das bei km 3,5 auf der Straße von Azemmour nach Aïn-Diab liegt und dem Besitzer eines Steinbruchs, Herrn Patrick Moulin gehört. Den Dieben fielen 50 Kilo Cheddit in die Hände.

»Diese verdammten Bikotten wollen uns in die Luft jagen!« gab er mit lauter Stimme von sich und zeigte die Titelseite der Zeitung den Gästen am Nachbartisch.

»Und die Regierung wird sie nicht davon abhalten!« überbot ihn ein Mann, der zu hell war, um als Pied-Noir geboren worden zu sein.

»Nur keine Sorge, die Polizei ist auf unserer Seite!« gluckste eine Matrone.

Ein Foto von Juliette Greco und Philippe Lemaire auf der ersten Seite des "Marokkaners" kündigte ihre Scheidung an. Im Colosseum lief "Blei für den Inspektor" mit Fred Mac Murray, Kim Novak, Dorothy Malone. Suspense... sex appeal! Das Wetter für den kommenden Tag: In ganz Marokko weiterhin sehr heiß und ein starker Wind aus östlicher Richtung: der Chergui.

Georges faltete seine Zeitung viermal und steckte sie in seine Jackentasche, ließ zwei Geldscheine auf dem Tisch liegen, warf ein Gute Nacht in die Runde, das den langen Ferton freilich ausschloß, und verließ das Restaurant.

Lange weiße Streifen, die sich wie Spuren von Bleichwasser über den Himmel zogen, kündigten den Tag an. Die Luft war schon warm. Georges wahrte sein Gleichgewicht bis zum Buick. Alkohol und Müdigkeit sorgten dafür, daß er mechanisch einen Schritt vor den anderen setzte.

Um auf die Rue de l'Aviation Française zu gelangen, wo seine Junggesellenbude lag, bog er nach rechts in eine kleine Straße ab. Er verabscheute es, dort allein zu schlafen, und zog den Luxus der mütterlichen Villa in Anfa vor, aber er konnte sich nicht dazu aufraffen, noch zwölf Kilometer zu fahren.

Er nahm den kürzesten Weg durch eine schmale Strasse, die auf den Boulevard de Marseille führte, als ein mit einem einfachen grauen Kittel bekleideter Araberjunge aus einem Hauseingang sprang und sich fast vor die Räder des Buick stürzte. Georges legte eine Vollbremsung hin. Der Bengel stieß leicht gegen die Motorhaube. Plötzlich kam aus demselben Gebäude ein anderer Jugendlicher, der auf europäische Art gekleidet war, packte den Jungen am Kragen und begann, wild auf ihn einzuschlagen. Der Jüngere warf sich auf den Boden, um sein Gesicht zu schützen, und stieß spitze Klagelaute aus. Georges hupte wütend.

»Könnt ihr mit eurem Zirkus nicht auf dem Bürgersteig weitermachen!« schimpfte er, nachdem er sich über seine Windschutzscheibe gelehnt hatte. "Diese Arschlöcher werden mir noch die Windschutzscheibe kaputtmachen..."

Der stehende Araber drosch weiter mit Fäusten und Fußtritten auf den Jungen ein, der sich auf dem Asphalt zusammenkrümmte. Georges stieg genervt aus dem Wagen, um sie wegzujagen. Aber als er sich ihnen ohne Argwohn näherte, versetzte ihm der Ältere der beiden mit einer Art Baseball-Schläger, den er unter sich versteckt gehalten hatte, einen gewaltigen Schlag.

Georges Augenbraue platzte auf, und ein Schwall Blut trübte ihm die Sicht. Er nahm seine beiden Hände vor den Kopf, doch ein weiterer Schlag auf die Schädeldecke zwang ihn in die Knie. Er ging nur langsam zu Boden und versuchte, den Fußtritten in Körper und in Nieren zu entgehen, entschlossen, sich totzustellen. Er spürte die Schläge, die auf ihn niederprasselten, kaum noch. Mit zwei Fingern drückte er die Augenbraue zusammen, um den Blutstrom einzudämmen, und mit der anderen Hand schützte er seine Nase und seine Zähne. Hände durchwühlten seine Taschen. Er spürte zwei Stöße: Man riß ihm seine guten Schlappen von den Füßen.

Eine Stimme brüllte aus nächster Nähe in sein Ohr:

»Ist wohl leichter, Frauen zu überfallen, was, du Hurensohn!«

Er wartete, bis der Buick nur noch aus der Ferne zu hören war, bevor er die Augen aufschlug. Sein ganzer Körper tat ihm weh. Die Straße lag noch fast völlig im

Dunkeln. Er erhob sich mühsam und wischte mit dem Handrücken das Blut weg, das noch immer floß. Die offene Wunde ließ ihn vor Schmerz zucken.

"Aber das ist doch nicht möglich, jetzt weiß es schon die halbe Welt, das ist doch völlig unmöglich", lamentierte er vor sich hin, als ob ihm die größte Ungerechtigkeit widerfahren wäre.

Um Luft zu schnappen sperrte er beim Laufen den Mund weit auf wie ein Goldfisch in seiner zu kleinen Glaskugel. Seine Rippen waren Klingen, die in die Brust stachen. Jeder Schritt raubte ihm den Atem.

Je mehr er sich der Klinik seiner Mutter näherte, desto mehr überlegte er, was er ihr erzählen sollte. Sie würde es ihm nicht glauben, seine Mutter merkte es immer, wenn er log... Seine Mutter war zu schlau.

Er stieg die Treppenstufen, die zum Haupteingang der Eukalyptus-Klinik führten, langsam hoch.

Bouchaïb, der wachhabende Krankenpfleger, sperrte die Augen vor Schreck weit auf und fragte: »Was ist Ihnen denn passiert, Monsieur Georges? Ein Unfall?«

»Ruf schnell meine Mutter an und gib mir ein Bett, damit ich mich hinlegen kann!«

Nicht mal eine Viertelstunde später eilte Dr. Bellanger in ihre Klinik. Zweimal mit den Fingern durch die Haare gefahren, ohne jedes Make-up, eine einfache Hose und dazu eine Seidenbluse – zweifellos gehörte sie zu jenen Frauen, die durch Sonne, häufiges Tennisspielen, Schwimmen im eigenen Pool und eine Kompanie zahlreicher und ergebener Diener auf natürliche Weise immer schöner wurden.

Sie war geschieden und sah seit zwanzig Jahren wie dreißig aus.

»Wer hat dir das angetan?« fragte sie, als sie ihren blutverschmierten Sohn sah.

Er beschränkte sich darauf, seine Hand zu heben, ohne das Handgelenk zu bewegen und »Mama!« zu heulen.

Sie drehte sich gebieterisch zur Nachtwache um:

»Ruf Tony an und sag ihm, er soll sofort herkommen,

ich werde bestimmt die Anästhesie brauchen. Anschliessend bereitest du den Operationssaal für mich vor.«

»Wird gemacht, Frau Doktor«, erwiderte Bouchaïb und verschwand in Richtung Telefon.

»Wer hat dir das angetan?« wiederholte sie und streichelte ihm mütterlich durchs Haar.

Georges fing an zu stammeln.

»Ich war bei Freunden auf einer Party und bin dort weggegangen, um eine entfernte Bekannte nach Hause zu begleiten. Als wir nach Aïn-Diab hinunterfuhren, sah ich einen Haufen Steine, die die Straße versperrten. Ich wurde langsamer, um zu sehen, ob ich an ihnen vorbeifahren könnte, ohne den Wagen zu ramponieren, und in dem Moment warf sich von beiden Seiten der Straße eine Bande von Ratten auf uns. Ich legte den Rückwärtsgang ein, um uns durch ein plötzliches Zurückstoßen von Ihnen zu befreien, aber das Verdeck war zurückgeklappt, und sie waren bereits in den Wagen geklettert... Ich konnte absolut nichts tun... Sie haben uns aus dem Wagen gezerrt, meine Bekannte schrie. Ich habe mich gewehrt, aber sie waren fünfzehn...«

»Diese Dreckskerle«, stieß die Mutter leise hervor.

»Sie haben das Mädchen an den Straßenrand geschleppt, um sie zu vergewaltigen, und mich haben sie niedergeknüppelt, weil ich versucht habe, sie zu beschützen, verstehst du?«

»Du hast dich immer zu sehr für andere eingesetzt«, redete seine Mutter dazwischen. »Anstatt dich ruhig zu verhalten mußtest du noch den starken Mann spielen.«

»Ich hätte sie doch nicht einfach tun lassen können, ohne sie zu verteidigen!«

»Und was hat es genützt? Kannst du mir das mal sagen? Sie wäre sowieso vergewaltigt worden, und du, du hast Prügel für nichts eingesteckt... Da, was ist denn das, hinter dem Ohr?... eine Verbrennung?...«

»Nicht daß ich wüßte.«

»Was haben sie sonst noch mit dir angestellt?«

»Es reicht ja wohl, daß sie mich fast zu Tode geprügelt haben! Was stellst du dir denn vor, was noch? Hätten sie mir die Kehle durchschneiden...?«

Sie unterbrach ihn mit einer Handbewegung und fragte ihn etwas besänftigt:

»Und dich, haben sie dich nicht vergewaltigt?«

»Das hätte gerade noch gefehlt!«

»Das weiß man nie bei diesen Wilden. Hätte durchaus sein können. Schließlich waren es fünfzehn, dazu übererregt, zweifellos auch bekifft, und es gab nur ein Mädchen... Schau mir in die Augen, Georges«, ließ sie, seinen Blick suchend, nicht locker. »Ich verlange, daß du mir die Wahrheit sagst. Wenn du sie deiner Mutter nicht sagen willst, dann sag sie wenigstens deinem Arzt... Sie haben dich auch vergewaltigt, stimmt's?«

»Nein, Doktor! Sie haben mich nicht sodomisiert, wenn du's genau wissen willst! Sie haben mich verdroschen, während sie zu mehreren das Mädchen vergewaltigt haben, danach haben sie sie halbtot liegenlassen. Mich haben sie halb besinnungslos in den Buick zurückgebracht, und dort bin ich in Ohnmacht gefallen. Als ich wieder zu Bewußtsein kam, war niemand mehr da, und ich hatte keine Papiere mehr, kein Geld mehr, keine Schuhe mehr, und das Auto war auch weg... Ich bin direkt hierhergekommen...«

»Wer ist das Mädchen?«

»Ich kenne sie kaum... Sie heißt Ginette Garcia und wohnt am Boulevard Jean Courtin, das ist alles, was...«

»Ein Mädchen aus dem Maarif?« schnitt ihm seine Mutter verdutzt das Wort ab. »Du schlägst dich für ein Mädchen aus dem Maarif? Mit deiner Bildung? Mein lieber Scholli, du bist wirklich leichtsinnig... Das machst auch nur du, dich für ein Mädchen aus dem Maarif prügeln. Garcia? Spanierin, natürlich...«

»Davon weiß ich nichts, Mama.«

»Wie kommt denn das? Garcia, das ist doch nicht französisch, oder?«

»Ich schwöre dir, daß ich sie kaum kenne...«

»Und du wärst fast für ein Mädchen aus dem Maarif gestorben, für eine *Jaica*, die du kaum kennst. Schämst du dich nicht? Sag, schämst du dich nicht?«

»Mama...«

»Wenn du das Vergnügen suchst, dann kauf es dir. Du bekommst genügend Taschengeld von mir, um dir deine Wünsche zu erfüllen.«

»Mama, bitte hör auf. Ich muß dir was sagen...«

»Was, was hast du mir zu sagen? Daß dir kleine spanische Dienstmädchen lieber sind als die Huren im Sphinx?«

»Mama, ich war es, Mama, ich hab sie vergewaltigt...« brach er in Schluchzen aus.

Sie erhob sich brüsk, voller Wut.

»Du willst wohl sagen, daß du reingelegt worden bist... Vergewaltigen! Als ob man eines von den Mädchen da vergewaltigen könnte... Erst werfen sie sich mit Beinen offen wie ein Triumphbogen in die Arme der Söhne aus gutem Hause, und dann schreien sie Vergewaltigung!«

»Mama, ich glaube, ich hab sie umgebracht...«

»Dummkopf!«

Sie ging in ihr Büro, zog einen weißen Arztkittel an, setzte sich und tippte wütend mit dem Zeigefinger die Privatnummer des Zivilgouverneurs. Der niedrige Stand der Sonne verlieh dem Finger das Aussehen und die Farbe einer Havanna-Zigarre.

»Hab ich dich geweckt, mein Engel?«

6

Schreie aus dem Nebenzimmer.

Acht Uhr morgens. Casablanca erwachte unter dem harten Echo der Sprenger, die von den städtischen Sprengwagen auf dem feuchten Asphalt abgestellt worden waren. Das von Swimming-Pools à la Hollywood wie ein Schmuckstück eingefaßte Casablanca, das von mächtigen Adern durchzogen wurde, die große amerikanische Schlitten mit rosa Interieurs befahren. Casablanca im Schatten von Hochhäusern, die sich wie in der Glut zitternde Luftspiegelungen erhoben... Das geschäftig schwirrende Casablanca, dessen Kleingewerbe sich durch den Nationalfeiertag nicht vom Arbeiten abhalten ließ... Scherenschleifer. Altkleiderhändler. Schuhputzer. Porzellanflikker... Casablanca mit seinen Neonreklamen, die von arabischen Kalligraphie gemartert wurden, platzte unter dem barbarischen Licht auf, das an den gekalkten Wänden explodierte.

Zugleich verheißungsvolles Manhatten und überbordender Dschungel, schwitzte die Stadt vor Schiß unter dem unheilkündenden Krachen der Panzerketten, die die Avenue d'Amade hinauffuhren.

In Kommissar Guglielmis Büro stank es nach kaltem Rauch. Er zündete sich gerade die x-te Zigarette an einem noch glühenden Stummel an, eine teerige Kebir, ein wirklich schweres Geschütz.

Er atmete den Schiß, den die Stadt ausdünstete, tief in die Lungen ein. Schiß in Form eines Angstkloßes, der den heißen Schweiß aus den Poren trieb, der die Lungen austrocknete, die Eingeweide zusammenzog und überfüllte Harnblasen schlagartig leerte. Ein aufs äußerste gereizter Schiß von jener Sorte, die zu großen hysterischen Menschenaufläufen führten, ein mörderischer Schiß.

Und wieder Schreie aus dem Nebenzimmer. Die Aschenbecher quollen von ausgedrückten Stummeln über, schwerer Tabakqualm und leichte Asche hatten sich wie ein Film über schmuddelige Akten und ein umgedrehtes Foto von zwei lächelnden Kindern gelegt.

Der Kommissar zog sein Jackett aus, knöpfte seinen Hemdkragen auf und lockerte den Druck seines Krawattenknotens, um seinen brennenden Lungen mehr Luft zuzuführen. Ein großer bräunlicher Schweißfleck hatte sich auf dem Rücken ausgebreitet und auf die Achseln übergegriffen.

Die Schreie wurden unerträglich.

Er klopfte zweimal heftig gegen die Verbindungstür. Die Schreie verstummten und machten einem dumpfen Stöhnen Platz.

»Ja«, gab die Tür zurück, ging aber nicht auf.

»Shumacher! Hören Sie sofort auf mit diesem Höllenspektakel!«

»Das bin ich doch nicht, Kommissar. Die brüllen hier los, kaum daß man ihnen eine Frage stellt...«

»Bringen Sie sie zum Schweigen oder verhören Sie sie woanders. Es gibt extra Räume dafür...«

»Alle belegt!« erklärte die Tür.

»Ein für allemal: Machen Sie Schluß damit, ich will ihr Geschrei mehr hören. Knebeln Sie sie...«

»Wenn ich sie kneble, können sie nicht mehr reden, Chef«, sagte die Tür weiter.

»Shumacher, stellen sie sich nicht blöder an als Sie sind. Wir verhören sie nicht, damit sie reden, sondern damit sie krepieren!... Und das kann auch sehr gut ohne Lärm passieren, kapiert?«

»Ja, Chef!«

Das Telefon schellte schwach. Völlig genervt zupfte der Kommissar sein Hemd los, das ihm am Rücken klebte, bevor er den Hörer abnahm.

»Hallo?«

»Guglielmi? Malatesta hier! Ich habe gehört, daß Sie mit der Vergewaltigungssache heute Nacht beschäftigt sind...«

»Stimmt genau, Herr Zivilgouverneur.«

»Also, jetzt können Sie sich von mir aus auf die Hinterbeine stellen, soviel Sie wollen, aber ich will diesem tragischen Vorfall eine große Presse verschaffen. Zögern Sie nicht, die grauenvollsten Details mitzuteilen. Präsentieren Sie das junge Mädchen als ein Muster von Tugend... Machen Sie eine Jungfrau, eine Heilige aus ihr! Und vor allem: Finden Sie mir einen oder mehrere Schuldige unter den Bikotten, am besten unter den Bewohnern des Douars Embarek... Verstanden?«

»Kein Problem, Herr Gouverneur.«

»Ich lege sehr viel Wert darauf, Guglielmi... Ich will einen arabischen Schuldigen! Wen auch immer... Bringen Sie auf keinen Fall einen Europäer mit der Sache in Verbindung...«

»Sie können ganz beruhigt sein...«

»Ich werde mich Ihnen erkenntlich zeigen... Ach, noch was! Schicken Sie sofort eine Brigade nach Anfa, um das Ungeziefer zu evakuieren und geben Sie den Bulldozern Schutz, damit sie den Douar ausradieren können... danach rufen Sie bei Présence Française an, die sollen eine spontane Demonstration für uns auf die Beine stellen... Nach der Parade, versteht sich.«

»Selbstverständlich.«

»Erledigen Sie das für mich, Guglielimi, und Sie haben ab sofort meine uneingeschränkte Unterstützung für einen Posten als Hauptkommissar...«

»Wird gemacht! Verlassen Sie sich ganz auf mich.«

Er legte den Hörer wieder auf und angelte sich eine Kebir aus der unförmigen Schachtel. Der Schweiß tropfte von seiner kahlen Stirn, und die Zigarette bekam einen Tropfen ab. Das Papier riß sofort auf. Er brach sie in zwei Teile und zündete die längere Hälfte wieder mit dem Stummel an.

Sie schmeckte nach Schiß, und der erste Zug verursachte Magenkrämpfe. Er war schon fast geschmolzen, als er aufstand. Ein höllisches Brummen ließ das Büro erzittern, als ob sechs Jäger vom Stützpunkt Meknès im Tiefflug drübergeflogen wären.

»Shumacher!« bellte er durch die Tür.

Alles an Gilbert sollte klassisch aussehen. Vermutlich paßte diese Definition am besten zu ihm: Klassisch. Sein Haarschnitt, sein weder schmaler noch buschiger Schnurrbart, seine Krawatte, seine Anzüge, die eine Vorliebe für Anthrazit zeigten, seine Jacketts, die so dunkel waren, daß man sich fragen konnte, warum er mehrere davon besaß, das alles zeugte von einem so strengen Klassizismus, daß er innerhalb von zwei Minuten bei gleich welchem Bestattungs-Unternehmen eine Anstellung gefunden hätte. Man hätte sich keinen schöneren Sargträger vorstellen können.

Desungeachtet war er Besitzer der Milchbar, dem Ort, wo sich die sonderbarste Szene traf, die man sich vorstellen kann. Man sah dort Langhaarige und glattrasierte Schädel, schmutzstarrende und andere Bluejeans, die von den Schenkeln bis zu den Knöcheln so enganliegend waren, daß man sie nur ausziehen konnte, wenn man sie wie Strümpfe runterkrempelte, und jene Blousons made in USA, die von den amerikanischen Militärstützpunkten kamen. Aber vor allem konnte man sicher sein, entlang des Tresens Mädchen unter zwanzig zu sehen, die auf Barhockern, die sie auf Höhe der cremigen California Splits hievten, Traumfrau spielten, mit Wespentaillen und vielversprechenden Hüften, mit Brüsten, die den Korsettstangen in den Büstenhaltern zum Triumph verhalfen, mit roten Lippen, die sich beim kleinsten Witz zu einem großen Schmollmund verzogen, und mit Augen, die ein exzessives Make-up tief schwärzte und die einen mit dem frechen Selbstbewußtsein der Jungfräulichkeit taxierten, wenn sie die Gefahren abschätzten, die ihnen drohen könnten.

Aber im Moment, um acht Uhr früh, war die Milchbar fast leer. Nur Marc Toile und Jacky Sultan spielten neben dem Flipper Schiffe versenken, während sie darauf warteten, daß das Hammam Souriau aufmachte, wo sie die Nacht wieder reinholen wollten, die sie zusammen mit José, der auf einer Sitzbank schlief, durchgemacht hatten.

Gilbert rieb zum letzten Mal das Chrom seiner Faëma mit einem Putzlappen aus Wildlederimitat ab und trat zwei Schritte zurück. Sie glänzte wie ein neuer Cadillac mit ihrem gewölbtem Bauch, dem metallblauen Gitterrost und den vier Hähnen, die vier schäumende Espressos gleichzeitig liefern konnten. Die Faëma auf dem Tresen in der Mitte der Milchbar glänzte so sehr, daß sie in den Spiegeln ein tausendfaches Funkeln entfachte.

»Welch ein Wunder!« rief Manu ironisch, nachdem er die Tür zu der kleinen Cafébar aufgestoßen hatte.

»Das darf ja nicht wahr sein. Bist du's wirklich?« rief Gilbert erstaunt, als er Manu mit einer alten Gandoura bekleidet sah. »Was machst du denn in diesen Klamotten? Siehst ja aus wie ein Kaftannigger. Ich hätte dich fast nicht wiedererkannt.«

»Stell dir vor! Ich hab mich im Zug mit einem Ufz in die Haare gekriegt. Der wollte mich doch glatt nach Ankunft auf dem Bahnhof verhaften lassen«, sagte Manu und zog die Tunika über den Kopf. »Da hat mir ein alter Goumier seine Gandoura überlassen, damit mich das blöde Arschloch nicht erwischt...«

»Sieht man heutzutage recht selten, daß ein Bikotte einem Europäer die Hand reicht...«

»Salut Marco! Salut Jacky!« warf Manu den beiden zu, die in ihr Spiel vertieft waren.

Sie antworteten mit einer freundschaftlichen Geste, in die sie ihre letzte Kraft legten.

»Diese Bikotten sind nicht von Grund auf schlecht«, fuhr Gilbert fort, »aber seitdem die Amis, diese Arschfikker, ihnen die Idee mit der Unabhängigkeit in den Kopf gesetzt haben, kotzen sie uns an... Ein Espresso? Ich lad dich ein...«

»Rück rüber. Gibt's sonst noch irgendwelche Neuigkeiten?«

»Kennst du schon die neueste Geschichte vom langen Ferton?«

»Nein, was hat er denn wieder angestellt?«

»Er steckt in der Scheiße. Wie gewöhnlich. Seine

Schwester sagte zu ihm: "Du kannst in unserem Haus wohnen, bis du einen Job gefunden hast." Er und Arbeit finden! Also das ist wirklich zuviel verlangt von Ferton. Er machte weder das eine noch das andere. Sobald seine Schwester und ihr Typ arbeiten gegangen sind, hat er einen jüdischen Lumpensammler kommen lassen und die ganzen Klamotten und alles verkauft, die Bettwäsche, die noch von ihrer Mutter stammte, die Vorhänge, die er von den Haken nahm, die bestickten Tischtücher... Bloß, was er nicht wußte, der Blödmann, in der Bettwäsche hatte seine Schwester ihre ganzen Ersparnisse versteckt. Mehr als sechs Riesen... Jetzt sucht ihn der Typ von seiner Schwester überall mit einer Kanone... Er will ihn umlegen.«

»Gibt's sonst noch was?«

»Wie findest du ihn?«

»Was? Den Mist, den Ferton baut?«

»Nein, den Espresso.«

»Ausgezeichnet! Ich weiß nicht mehr, wann ich das letzte Mal einen derartig guten Kaffee getrunken habe«, antwortete Manu lautstark, um den Lärm eines Rollers zu übertönen, der vor der Milchbar anhielt.

»Sieh an, da kommt Scooter!« meinte Gilbert.

Scooter stellte die Maschine auf ihren Ständer. Er war zwanzig Jahre alt, hatte eine leichte Einkerbung quer über seiner Aristokratennase, was aussah wie der Schirm einer Mütze, einen heiteren Blick, ein überaus einnehmendes Lächeln, und trug eine wallend lange, gelbe Jacke über einem schwarzen Hemd, das in derartig engen Jeans steckte, daß sich die Venen seiner Waden auf dem Stoff abzeichneten.

Er öffnete die Arme, breitete seine Jacke weit aus wie der heilige Vater beim Dominus Vobiscum in der Peterskirche und warf sich Manu in die Arme.

»Junge, was machst du denn hier? Bist du gerade erst angekommen?« fragte er, als er die Militärkleidung unter der Gandoura bemerkte.

»Wie du siehst.«

»Ist schön, dich wiederzusehen, Junge. Hast du schon

gesehen? Ich hab mir eine neue Vespa geleistet... Nagelneu, Junge...«

»Klasse!«

»Samstag abend geb ich 'ne Party. Komm mit einem Fläschchen vorbei. Es werden alle dasein.«

»Okay. Ich komme mit Gin.«

»Mit Gin?« wunderte sich Scooter.

»Na klar. Was hast du denn? Sieht fast so aus, als würde dir das stinken.«

Gilbert hatte sich ganz plötzlich von dem Gespräch abgewendet, um sich erneut der Chrompolitur zu widmen.

»Was ist passiert?«

»Nichts, ich garantier dir... Nun ja, ich dachte du seist auf dem Laufenden.«

»Auf dem Laufenden von was?«

»Gin ist seit heute früh im Krankenhaus«, kam Gilbert Scooter zu Hilfe.

»Und was hat sie?«

»Ich hab's heute morgen im Radio gehört«, sagte Scooter. »Sie wurde heute nacht überfallen... von einer Bande Araber.«

»Diese verdammten Ratten«, fluchte Gilbert.

Manu fühlte sich schlagartig schlecht. Der zu starke Kaffee kam ihm wieder die Speiseröhre hoch, die Erschöpfung von der langen Reise zog ihm die Beine weg. Eiskalter Schweiß überzog seine Stirn. Die Faëma aus Chrom lief matt an, verschwamm vor seinen Augen, rückte in die Ferne...

Gilbert eilte mit Schwamm und Wassereimer um den Tresen herum.

Er knöpfte schnell Manus Blouson und seinen Hemdkragen auf und bespregte ihn mit Wasser, wie man einen Boxer nach einem K.O. in der Ringecke wiederbelebt.

Die Faëma kam wieder näher – ein schneller Zoom vor und zurück – und sie stand wieder an ihrem Platz. Das Chrom erstrahlte im alten Glanz.

»In welcher Klinik liegt sie?«

»Im Colombani Hospital. Ich kann dich mit der Vespa

hinbringen, Junge«, schlug Scooter vor.

»Laß uns erst bei mir vorbeifahren. Ich will mich umziehen.«

Er wollte sich zivil kleiden, endlich diese Dünnschißfarbe ablegen, die alle Armeen bedeckt.

Die Hitze war stickig geworden. Die falschen Pfeffersträucher der Avenue d'Amade spendeten den Truppen, die sich für die Parade vom 14. Juli vor der Heude-Kaserne versammelt hatten, nur dürftig Schatten.

7

Manu hatte ein kleines Appartement in der Rue Rouget, das er während seiner Abwesenheit häufig Freunden lieh. Dort nahm ein zerknautschtes Bett die plumpen Umarmungen und schnellen Versprechungen auf, die in Aussicht auf einen aufgehakten Büstenhalter gemacht wurden, auf einen Rock, dessen nervender Verschluss endlich aufging, und auf den Liebesakt zum Schluß, der wieder alles aus der Erinnerung löschte.

Er drückte die Tür auf. Auf dem von Zigarettenstummeln und leeren Flaschen übersäten Kachelboden stieß sein Fuß gegen eine Nylonkupppel, die von einem liegengelassenen Büstenhalter gestützt wurde.

Er sagte sich: "Ich muß unbedingt eine Putzfrau kommen lassen", und zog sich rasch um. Der Spiegel schickte ihm ein Bild zurück, das er kaum wiedererkannte. Bluejeans und Hawaihemd hatten einen neuen Menschen aus ihm gemacht, selbst wenn die zu kurzen Haare noch an die hysterische Schermaschine eines besessenen Frisörs erinnerten. Sein Gesicht sah müde aus. Die Angst schnürte ihm die Kehle zu. Er fand seinen sechsschüssigen Colt an dem Platz wieder, wo er ihn hingelegt hatte. Er überprüfte die Trommel, bevor er ihn in den Gürtel steckte, auf bloßer Haut, unsichtbar unter dem Hemd.

Vor dem Haus erwartete ihn Scooter mit laufendem Motor. Sie fuhren Slalom durch den dichten Verkehr und gelangten in weniger als fünf Minuten zum Krankenhaus. Zum Colombani-Hospital gehörte ein prächtiger Garten, wo die Bougainvilleas aus den Palmenstämmen dicke, malvenfarbige Säulen gemacht hatten, während der Rosenlorbeer, die Myopore und der Jasmin in wild zerzausten Büschen auf einem ungepflegten Rasen wucherten, der von Hibiskushecken entlang der Kieswege eingerahmt wurde.

Beim Bremsen vor dem Pavillon der Intensivstation schleuderte die Vespa auf dem Kies, stellte sich quer und stieß haargenau an die unterste Stufe einer Steintreppe. Das Schutzblech wurde verbeult.

»Mein erster Kratzer«, merkte Scooter philosophisch dazu an.

Manu war schon im Hospital.

»Nichts Ernsthaftes«, sagte Scooter noch und rannte ihm hinterher. »Das Blech muß nur ausgebeult werden.«

Sie öffneten gut ein Dutzend Türen, bevor sie Gin fanden. Sie schlief auf dem Rücken liegend, das Gesicht war verschwollen, die erdigen Haare hatten sich über das Kopfkissen ausgebreitet.

Manu beugte sich über sie und machte zärtlich ein Stück Stirn frei, um es mit seinen Lippen zu berühren.

»Das Schwein bring ich um, das dir das angetan hat!« sagte er mit stumpfer Stimme.

Im selben Moment spürte er, noch bevor er ihn sah, daß ein Fremder im Raum war. Am Fußende des Betts stand ein Wachtmeister. Vom Licht draußen noch geblendet, hatte er ihn gar nicht bemerkt, als er in das Zimmer trat. Das Gesicht des Bullen kam ihm nicht unbekannt vor, doch er wußte nicht, wo er es hinstecken sollte.

»Kennst du mich nicht mehr?« fragte die Uniform.

»Gonzalès!« rief Manu, als er die vertraute Stimme wiedererkannte. »Was machst du denn in dieser Kostümierung? Bist du Bulle geworden oder spielst du nur in einem B-Picture mit?«

»Ich bin seit einem Monat Bulle.«

»Ich dachte, du wolltest schreiben, Schriftsteller werden, Krimis schreiben...«, wunderte sich Manu.

Emile Gonzalès rieb die Fingerspitzen aneinander, als wollte er eine Prise Salz verteilen, öffnete mit vielsagender Miene den Mund und bewegte zwei- oder dreimal seine Hand vor dem offenstehenden Maul, was aussah als ob er sie verschlingen würde.

»Hmmm, ja, von irgendwas muß man ja leben«, verstand Manu. »Woher weißt du von Gin?«

»Durch Zufall. Ich bin heute früh bei meiner ersten

Razzia dabeigewesen und habe mich dummerweise dabei verletzt. Dann wurde ich in einen Krankenwagen gelegt... und da lag Gin. Da ich mir nichts gebrochen hab, bin ich hierher gekommen, um zu sehen, wie es ihr geht, und da seid ihr eingetroffen.«

»Weißt du was passiert ist? Der Überfall auf sie...«

»Du scheinst nicht auf dem Laufenden zu sein, Manu«, meinte Gonzalès. »Sie ist nicht nur überfallen worden...«

Er fühlte sich nicht wohl in seiner Haut. Manu wurde aschfahl. Er wäre nur zu gern woanders gewesen, zum Beispiel einen trinken, um das Wiedersehen zu begießen, nur hier nicht rumstehen wie ein begossener Pudel, dem Blick des Freundes ausweichen und sich beschissen fühlen. Warum mußte das ausgerechnet ihm passieren?

»Willst du damit sagen...?«

Gonzalès bewegte kaum merklich den Kopf.

Manu hatte jegliche Farbe verloren. Fast eine Minute verharrte er schweigend, und als er den Kopf wieder Gin zuwendete, hatten sich seine Gesichtszüge verändert.

»Ich schwöre dir, dem Hurensohn, der dir das angetan hat, reiß ich den Arsch auf.«

Er schien absolut ruhig. Entschlossen. Von einer beängstigenden Härte. Aber das war nur die Fassade, er hätte von einer Sekunde zur anderen platzen oder schluchzend zusammenbrechen können.

»Du könntest schauen, ob du bei den Bullen Hinweise für mich kriegen kannst?« bat er Gonzalès. »Es muß doch Berichte geben...«

»Ich kümmer mich drum. Versprochen!«

»Ich muß gehen«, sagte Scooter, der nur noch auf eins Lust hatte: möglichst schnell zehn Kilometer von hier weg zu sein. »Fährst du mit mir zurück?«

»Ich geh zu Fuß. Haut ihr beiden ruhig ab, ich treff euch später wieder.«

»Ich hatte vor, ein Lotterie-Los zu kaufen«, sagte Gonzalès, »wär doch schön, wenn wir's zu mehreren nehmen würden...«

»Gute Idee«, sagte Scooter. »Nehmen wir's zu dritt?«

»Zu viert«, sagte Manu und zeigte auf Gin.

Neun Uhr morgens. Die Medina wurde durch die großen Wasserkübel abgekühlt, welche die Händler vor ihren soeben geöffneten Läden ausschütteten. Die Innenhöfe dufteten nach Jasmin. Basilikum säumte die Fenster, um die ersten Mücken abzuhalten. Die Ausrichtung der blaugestrichenen Türen in diesem neuen Viertel von Aïn-Chok grenzte fast an eine kollektive Neurose.

Als letzter Überrest einer vergangenen Epoche stützte ein eingestürzter Säulenvorbau eine baufällige Mauer, der ein gigantisches Ulmengewächs Schatten spendete. Auf der Mauer posierte ein regloser Storch vor einer Reklame für elsässische Pottasche.

Er wechselte besorgt das Standbein, als wilder Trommelwirbel aus einer rechten Seitenstraße einbog. In mehreren Reihen näherte sich langsam eine Gruppe von Tänzern im berauschenden Rhythmus der Schläge auf die über die Trommeln gespannten Ziegenhäute.

Männer mit ekstatischem Blick tanzten, indem sie eine Art rhythmisches Stampfen mal mit dem einen, mal mit dem anderen Bein ausführten. Die meisten trugen alte Decken auf dem Rücken, die wie jene Löwenfelle zurechtgeschnitten waren, die man als Bettvorleger benutzt, mit angenähten Kamelzähnen anstelle der Krallen, buschigen Nylonmähnen, Schwänzen mit Troddeln von alten Polstermöbeln, und das Ganze wurde von einem schmalen Lederriemen festgehalten, der um die Stirn lief. Sie waren eher lächerlich als furchterregend.

Einige hysterische Frauen mit aufgelöstem Haar und in schamlos weit geöffneten Kaftans übertrugen den Rhythmus ungezügelt auf ihre unförmigen Brüste. Die Trommler klopften mit aller Kraft auf ihre Instrumente. Arabische Flöten zerrten an den Nerven.

Es handelte sich um eine Bruderschaft von Fanatikern, die das Fest der Neuen Löwen, die *Sbas*, für den nächsten Tag vorbereiteten. Dann sollten rund zwanzig Heranwachsende einem Schaf, das ihnen lebendig als Opfer hingeworfen wurde, den Bauch aufschlitzen und es roh essen. Man sah sie jetzt hohe Sprünge vollführen und dazu spitze Schreie ausstoßen. Schwarze Zöpfe wirbelten über den Schädeln. Sie kauerten sich nieder und kamen mit einem Sprung wieder auf die Beine. Dabei simulierten sie die Geste des Bauchaufschlitzens, des Kratzens und Beißens.

Die Kinder flüchteten verängstigt.

Eine finster blickende Verrückte warf sich im Delirium auf eine Kaktushecke und machte sich daran, ein mit Stacheln gespicktes Blatt zu zerkauen.

Der Storch, der seinen Kopf ganz nach hinten geneigt hatte, schlug mit den Flügeln, und das Klappern seines Schnabels belegte den ganzen Platz mit einem fürchterlichen Radau, der nur einmal kurz vom ohrenbetäubenden Vorüberziehen zweier Tiefflieger überdeckt wurde.

Eine Frau, die von der epileptischen Übertragung erfaßt wurde, krümmte sich über den nassen Rinnstein und sackte an einer blauen Tür keuchend zusammen, die sich lediglich durch ein mit roter Kreide gezeichnetes Kreuz von den anderen unterschied.

Im Innern breiteten zwei nackte Glühbirnen in der dunkelsten Ecke des Raums ein spärliches Licht zwischen den Papier-Fliegenfängern aus. Sie schwebten wie auf Wellen in der heißen Luft, die von einem summenden Ventilator umgewälzt wurde. In diesem anämischen Licht leuchteten Hocines Augen vor Erregung, während er seinen Stammesgenossen zuhörte.

»Gib es auf, das sind doch Wilde«, sagte Ikken.

»Mein Sohn hat recht, es sind Wilde«, pflichtete Bouchaïb bei, der sich gerade ein Stethoskop um den Hals legte.

»Nach der Unabhängigkeit verbietet man den ganzen Zirkus am besten...«

»Na, man sollte nichts übertreiben... Jedes Jahr feiern sie ihren großen Moussem und an diesem Tag essen sie das Schaf halt roh anstatt es zu kochen, samt Wolle und Gekröse.«

»Ist doch abscheulich.«

»Klar ist es abscheulich«, räumte Ikken ein. »Aber

wenn du alles verbieten willst, was abscheulich ist, hast du alle Hände voll zu tun!«

In den zehn Jahren, die Bouchaïb schon als Nachtwache in der Eukalyptus-Klinik arbeitete, hatte er genügend Medikamente, Apparate und Hilfsmittel gestohlen, um im neuen Viertel der Medina eine Untergrund-Arztpraxis zu betreiben. Hier pflegte er die Ärmsten für eine Handvoll Couscous und verletzte Widerstandskämpfer gegen Zusicherung eines Arztdiploms nach der Unabhängigkeit.

Die Eukalyptus-Klinik war auf plastische Chirurgie spezialisiert – zurechtgebogene Nasen, angehobene Busen, geliftete Gesichter, wegoperierte Bäuche etc. Seine Arbeit erforderte es nicht, die ganze Nacht durch wach zu bleiben, und so hielt er tagsüber noch frisch und munter Sprechstunden ab.

Mit Ausnahme der Tage, an denen Doktor Bellanger die Umwandlung eines Mannes in eine Frau vornahm. Bouchaïb war ein einziges Mal bei einer solchen Operation dabei. Damals hatte er drei Tage und drei Nächte lang nicht schlafen können. Sie hatte das Glied geöffnet, die Schwellkörper herausgenommen, die wie Katzenfutter aussahen, die Haut wie den Finger eines Handschuhs umgestülpt und im Innern annäherungsweise eine Vagina gebildet, in die er, Bouchaïb, seinen Zipfel niemals hineinstecken würde.

Wie immer, wenn er eine Bombe scharf machte, war er angespannt und verkrampft.

Er legte den Sprengstoff in den gepanzerten Koffer, indem er ihn mit größter Vorsicht auf eine Unterlage aus Schraubenbolzen und Bleikugeln bettete. Die drei Männer schwitzten. Ikken wischte sich die Stirn ab und strich seine Haare zum Nacken hin glatt, was seine Ähnlichkeit mit einem Geier, der von Tex Avery hätte gezeichnet sein können, noch unterstrich.

»Reich mir mal das Amulett, das dir Lalla Chibanya gegeben hat.«

»Sie hat darauf die Namen aller Dämonen und Dschinns mit dem Blut eines schwarzen Ziegenbocks geschrieben, dem sie mit einem türkischen Halbmond die Kehle durchgeschnitten hat«, sagte Hocine und reichte einen Lederbeutel hinüber.

»Man darf von niemandem Hilfe annehmen«, meinte Bouchaïb.

Er legte das Amulett auf den Cheddit, stellte die Zündvorrichtung ein und bedeckte das Ganze mit weiteren Schraubenbolzen und Stahlkugeln, die sie aus alten Kugellagern rausgeholt hatten. Mit seinen Fingern bohrte er einen Hohlraum in die Kugelmasse, entkorkte eine Apothekenglas, in dem sich ein großer gelber Skorpion aufrichtete, und drehte es um, während er schleunigst wieder den Deckel des Koffers über all dem schloß.

Ikken lachte über den Aberglauben seines Vaters.

Kein Laut drang durch die schwere Stahlwand.

Jetzt steckte sich Bouchaïb das Stethoskop in die Ohren, stellte die Hörmuschel auf den Koffer und nahm neben dem Rascheln des sterbenden Skorpions klar und deutlich das regelmäßige Ticken des Zeitmechanismus wahr. Dann verstellte er die Zahlenkombination, womit die Umwandlung des Koffers in eine Höllenmaschine abgeschlossen war.

Schließlich sagte Bouchaïb: »Allah ist uns gnädig. Das war gute Arbeit. Jetzt bist du an der Reihe.«

»Du kannst dich auf mich verlassen, Vater.«

»Das sind schöne Schlappen, die du da anhast, sag, wo hast du sie gefunden?«

Ikken nutzte den bewundernden Pfiff seines Vaters, um in Lachen auszubrechen. Er entlud auf diese Weise die Spannung, die sich seit dem Diebstahl des Sprengstoffs in ihm angesammelt hatte.

»Hocine war es. Er hat sie dem Typ abgenommen, dem wir den Wagen geklaut haben. Da sie für ihn jedoch ein paar Nummern zu groß waren, hat er sie mir geliehen, nachdem er mir das Versprechen abnahm, sie ihm wiederzugeben, sobald er groß genug ist.«

Bouchaïbs Lachen verlor sich im furchtbaren Donner zweier weiterer Jagdbomber, die im Tiefflug vorbeiflitzten.

8

Der Asphalt war weich. Gin kam kaum voran. Jeder Schritt hinterließ eine fließende Spur im Asphalt, der sich langsam wieder hinter ihr schloß. Ihr Mund war trocken, die Zunge wie gegerbt. Der Stahlhimmel schmolz, und um sie herum schlugen dicke Tropfen aus flüssigem Metall ein.

Plötzlich donnerte ein Lärm von der Höhe des Bergs herab, der so grauenhaft war wie das Präludium zur Apokalypse, welches das Entsetzen vor dem Weltende verbreitet. Eine riesige, schwarze Masse, die Läufe aus Stahl wie eine Maschinenspinne hatte, stürzte sich im Galopp herunter und ließ dabei den Asphalt emporspritzen, der sich in einen reißenden Lavafluß verwandelte. Aus dem Maul des Monsters schäumte Chromschaum. Silberfarbene Geiferperlen sprangen von der Straße hoch und fielen in ein Geröll aus Stahlkugeln zurück.

Gin wollte sich bewegen, dem Untier entkommen. Sie warf sich auf die Seite, um seinem Sprung auszuweichen, doch sie war bis zu den Schenkeln im Asphalt versunken. Heißer Teer züngelte unter ihre Unterhose und loderte ihren schweißgebadeten Bauch hoch.

Sie stieß einen endlos langen Schrei aus.

Manu streichelte ihre Haare und wischte ihr den Schweiß von der Stirn ab. Mit leiser Stimme sprach er in zärtlichen Worten über das kommende Glück.

Sie öffnete die Augen. Ihr Blick zeigte ungläubiges Staunen, als er durch das weiß gelackte Zimmer schweifte, in dem sie sich befand. Verständnislos verweilte er bei einer Gruppe von Assistenten und Ärzten am Fußende ihres Betts, bevor er an Manu hängenblieb als hätte sie ihn zum ersten Mal gesehen.

»Ein schönes Hemd hast du an«, sagte sie zu ihm.

Die Menschenmenge wurde erdrückend, schmierig, klebrig. Eine dieser Massenansammlungen, in welchen der Mensch mit jedem Schweißtropfen, der aus den erweiterten Poren wie Eiter aus dem Furunkel quillt, mit jedem schmierigen Wort, das aus dem offenen Mund sprudelt, und jeder faulen Geste, die die Hand führt, den Geruch eines Stinktiers ausdünstet. Manu nahm zwei oder drei Züge aus der Casa-Sports, mit derselben automatischen Handbewegung, die er immer machte, wenn das Nachdenken zu anstrengend wurde, als wollte er dem Druck, den sein schweres Hirn ausübte, entgehen, um sich dem Wahnsinn zu ergeben, der ihn übermannte.

Er schob den Colt unter seinem Gürtel zurecht. Das Metall brannte auf seiner Haut.

Mit einem Mal fühlte er sich hoffnungslos verloren zwischen dem Drang zu weinen und dem zu töten. Töten, aber wen? Er hatte nicht mal die Chance von Eins zu Zehntausend, diese Schweinehunde zu finden. Er mußte sich um jeden Preis beruhigen, abwarten... Abwarten, als ob das so einfach wäre...

He... da... jetzt-habt-ihr-den-Sa-lat... Die genagelten Stiefel krachten im ungewöhnlich langsamen Rhythmus der Musik auf die Straße, die schwarz vor lauter Menschen war. In der Menge eingekeilt, die tosenden Beifall spendete, ließ sich Manu von den harten Stößen der Leute mitreißen, die den Fremdenlegionären am Ende der Parade auf den Trottoirs folgen wollten. Unter der Begleitmusik des He... da... jetzt-habt-ihr-den-Sa-lat, ein Salat, der mit Gedärmen garniert und mit Blut angemacht war, entfernten sie sich wie Roboter, mit erhobenem Kopf, leerem Blick, kahlgeschorenem Schädel und einem IQ, der ihre Haarlänge nicht übertraf, ohne die Begeisterungsstürme zu beachten, die ihnen längs des Weges entgegenschlugen.

Durch eine starke Bewegung der Menge konnte Manu den Kopf des langen Fertons ausfindig machen, der über den vielen Schädeln wogte, als ob er von einer Welle getragen würde. Manu setzte seine Schultern und Ellbogen ein, um sich gegen den Strom zu ihm vorzukämpfen, wäre zehnmal fast verschlungen worden, verlor ihn aus den Augen und konnte ihn nicht mehr finden. Manu mußte unbedingt mit jemandem über Gin reden, sich einem Freund anvertrauen, sein Herz ausschütten.

Plötzlich waren Schreie zu hören, denen Parolen folgten, die einige bis zur Weißglut erhitzte Gemüter im Chor wiederaufnahmen. "Nieder mit den Ratten! Hoch die Polizei!" In unmittelbarer Nähe Manus formierte sich ein starker Strom Menschen. Knüppel verlängerten die drohenden Fäuste.

»Die Schweinehunde haben eine Europäerin vergewaltigt«, flüsterte ihm ein vor Angst und Haß hochrot angelaufenes Gesicht zu, das kurz vor einem Schlaganfall stand.

"Woher sie das nur wissen?" wunderte er sich, während er Ferton näher kam.

Dank eines kräftigen Schubses gelang es ihm, ihn zu erreichen.

»Weißt du, was mit Gin los ist?« fragte Manu ohne Umschweife, als hätten sie sich erst gestern getrennt.

»Soll das 'n Witz sein, oder was? Seit heute morgen reden sie über nichts anderes im Radio... Eine Europäerin namens Ginette Garcia wurde heute Nacht von einer Terroristenbande mitten in einem Wohnviertel vergewaltigt...«

»Sie reden darüber im Radio? Sie nennen sogar ihren Namen?...« gab Manu aufs äußerste bestürzt von sich.

»Mit allen Details über die Vergewaltigung und wie sie anschließend die ganze Gegend durchkämmt haben...«

»Diese Mistkerle! Diese verdammten Mistkerle!... Dazu haben sie kein Recht, sie ist doch noch minderjährig!... Als ob es nicht gereicht hätte, daß sie von Arabern vergewaltigt wurde, nein jetzt müssen die Franzosen sie auch noch entehren...«

»Es ist zum Totlachen«, sagte Ferton, ohne sich darüber im Klaren zu sein, wie unangemessen dieses Wort in dieser Situation war, »aber ich wußte nicht einmal, daß sie Ginette hieß... Ich glaubte, sie hieße Jean, amerikanisch ausgesprochen... Wie Jean Collins, Jean Harlow, oder so. Wenn ich daran denke, daß ich sie gestern abend noch gesehen habe...«

»Du hast sie gestern abend gesehen? Wo? Wann?« fragte Manu überstürzt.

Es war ihnen gelungen, sich von der Menge zu lösen. Sie hatten sich in der Grünanlage des kleinen Kanonen-Platzes dicht neben einer Bretterbude und im Schatten eines bereits schwer mit Früchten beladenen Feigenbaums auf eine Bank gesetzt.

Ferton erzählte: »Bei den Ettedguis gab es eine Party. Ich bin schon am frühen Abend hingegangen. Weil ich die Tochter des Hauses vögeln wollte, wurde ich wie ein Lump vor die Tür gesetzt – wie gewöhnlich –, und zwar gerade in dem Moment, als Gin eintraf. Wir haben uns sozusagen gekreuzt.«

»War sie allein?«

»Nein, sie kam mit Georges an«, und als Manu fragend die Stirn runzelte, präzisierte er: »Mit Georges Bellanger, dem Muttersöhnchen.«

»Was hatte sie denn mit dem am Hut?«

»Keine Ahnung!« erklärte Ferton, »aber meiner Ansicht nach konnte nichts weiter gewesen sein, denn ich hab Georges spät in der Nacht oder früh am Morgen, wie du willst, im Las Delicias wiedergetroffen.«

»Das muß nichts heißen.«

»Aber sein Schädel... Da hatte eine Kralle 'ne schöne Spur hinterlassen, das kannst du mir aber glauben!« fuhr Ferton fort. »So tief, daß sein Gehirn durchschimmerte, und ich sag dir, es sah aus wie ein Scheißhaufen.«

Manu vertiefte sich in die Lektüre einer großen Marmortafel, in die man jene lapidaren Worte geschliffen hatte, die auf Ruhmesdenkmälern gemeinhin stehen: "...und von dieser historischen Stätte aus, die in treuer Pflicht beschützt wird, erstrahlte das militärische, politische und wirtschaftliche Wirken Frankreichs über ganz Marokko".

»Das Wirken Frankreichs!« rief er in spöttischer Emphase aus, während man das "Nieder mit den Bikotten!" hörte, das eine immer unruhiger werdende Menge brüllte.

»Hör zu«, sagte Freton, »ich sag dir das in aller Freundschaft, denn ich könnte nicht den geringsten Gewinn aus diesem Kuddelmuddel ziehen, aber ich habe das Gefühl, daß Gin nicht so gut drauf war, als sie bei den Ettedguis ankam. Und da dieser Georges wirklich ein verkorkster Typ ist, wäre es vielleicht besser, wenn du dich erkundigen würdest, was passiert ist... und wenn du jemals Zweifel haben solltest, frag Louise, sie hat ihn ebenfalls gesehen...«

»Louise?«

»Gehen Sie auseinander!« befahl die Polizei über Lautsprecher.

»Hoch die Polizei!« skandierten die Demonstranten.

Manu bemerkte einen Mann, der mit einem verrückten Blick auf sie zu gerannt kam und den rechten Arm in ihre Richtung ausstreckte.

»Welche Louise?« wiederholte er, ohne auf seine Frage zu achten. Keine Antwort. Ferton war ungeheuer flink um die Bank herumgelaufen und hinter Manus Rücken in Deckung gegangen.

Ein Schuß wurde abgefeuert. Manu hatte plötzlich Pfropfen in den Ohren. Aus der gestreckten Hand schoß eine Flamme so lang wie die eines Schneidbrenners. Die Leute gingen im Bodenstaub auf Tauchstation. Die Kugel kratzte eine Kante des Denkmals an, kam mit einem erbärmlichen Miauen von ihrer Flugbahn ab, flog mit einem furchterregenden Pfeifen knapp an seiner Backe vorbei und zerplatzte an einer der Bronzekanonen, die im tiefsten Innern ihres Rohrs widerhallte.

Die völlig deformierte Kugel blieb wie ein von einem Kind ausgespuckter Kaugummi an ihr kleben.

Es fiel ein weiterer Schuß, und der dritte folgte ihm sofort. Manu begriff nichts, sah nur, wie der Unbekannte auf ihn zielte, das eine Auge geschlossen, das Handgelenk von der anderen Hand umklammert, den Finger am Abzug.

»Bist du wahnsinnig?« schrie Ferton, der hinter der Bank zusammengekauert war. »Man tötet doch nicht für ein Paar Bettlaken!«

Ein dumpfes Brummen in den Ohren. Stumm pochend stürzt das Blut in die Venen. Manu warf sich von der Bank, rappelte sich auf wie ein Sprinter, schnellte hoch, während die Pistole den nächsten Schuß abfeuerte, zog seinen Colt und schoß aus vollem Lauf.

Halb taub und mit einem Schleier aus Schweiß vor den brennenden Augen nahm er nur noch verlangsamte Phantomgestalten unter schwachen Schreien wahr. Er stieß mit voller Wucht gegen das Denkmal und versuchte sich im Fallen durch Abrollen zu schützen. Durch das beißende Kribbeln unter seinen halbgeschlossenen Lidern sah er verschwommen den Unbekannten, bemerkte das weiße Polohemd, dessen Brusttasche ein kleiner roter Fleck wie eine Litze zierte. Sein Blick richtete sich auf das Rot, das in einem blendenden Lichthof vor seinen Augen tanzte. Wie die Explosion in einem Wattetampon.

Der Unbekannte tanzte auf der Stelle. Durch die Brechungen des Lichts in der überhitzten Luft sah er wie eine verirrte Vogelscheuche aus, wie ein Hampelmann aus Holz, der in den Zuckungen einer Luftspiegelung herumhampelte. Seine Arme sackten zusammen, sein Revolver wurde schwer und fiel in eine Wolke aus hellem Staub. Die rote Tasche auf seiner Brust wurde immer größer und ahmte eine Blutlache nach.

Manu spürte, wie ihm unter die Arme gegriffen wurde, spürte eine starke Hand, die ihn aus der Deckung des Ehrenmals hervorzerrte und zu seinem Opfer hinschleppte.

»Armes Schwein, du hast den Stecher meiner Schwester abgeknallt«, schrie ihm Ferton ins Ohr. »Oh Gott, was für ein Geschrei werde ich mir anhören müssen!«

Der Körper fiel auf die Knie.

Sein Kopf kippte erst auf die Brust, fiel den Rücken nach sich ziehend zu Boden und blieb in dieser gekrümmten Position stehen. Die Arme baumelten affenartig weit runter, leblos für alle Ewigkeit.

Manu wischte sich mit dem Handrücken über die Augen. Er sah, wie die Leute sich aufrafften und in ihre Richtung liefen. Einige klopften den Staub von ihren

Sonntagskleidern ab, die sie zur Feier des Tages angezogen hatten. Angst und Verblüffung zeichneten eine stumpfe Benommenheit in ihre Gesichter, die durch den geringsten Anlaß in blinde Gewalt umschlagen konnte.

»Es waren die Ratten. Wir haben es gesehen!« erklärte Ferton den ersten, die bei ihnen eintrafen. »Wir haben ihnen hinterhergeschossen, aber die Schweinehunde sind verduftet... Ich glaube, mein Kumpel hat noch einen erwischt...«

Die Menge tobte. Das Gerücht verbreitete sich. Die Wut wurde immer größer. "Ratten, Mörder!" Zwei Männer, die wie Jahrmarktsringkämpfer gebaut waren, hoben den Kadaver über die Köpfe. Andere Hände reckten sich hoch, die Handflächen zum Himmel gekehrt, und bald triftete der leblose Körper über das Menschenmeer wie ein träger Schwimmer, der den toten Mann macht und sich nach Belieben der Wellen hebt und senkt. Ein lautes Organ stimmte die Marseillaise an, was von der Menge in eindrucksvollem Chor aufgenommen wurde.

»Komm, wir verdünnisieren uns!« sagte Ferton. »Ich habe keine Lust, deinen offiziellen Trauerfeierlichkeiten beizuwohnen. Wenn ich daran denke, daß der Stecher meiner Schwester ein Nationalheld geworden ist! Wenn sie dafür eine Medaille verliehen bekäme, könnte ich sie immer noch verkaufen.«

Manu hörte nicht zu. Er wollte vergessen, alles nur vergessen. Sogar seine eigene Existenz.

9

Georges richtete sich in seinem Bett auf. Über dem geschändeten Grabmal von Sidi Belyout, den die Muselmanen wie einen Heiligen verehrten, ragten die Neubauten des Hafenviertels ins blaue Rechteck des geöffneten Fensters. "Der Marabut ist nicht tabu", hatte der Spekulant gesagt, als er seine Schmiergelder in den Rachen der Friedhofsverwaltung warf.

Er spitzte die Ohren. Das Getöse haßerfüllter Krawalle drang aus der Stadt zu ihm hoch, und das trostlose Echo der Todesschreie hallte von den modernen Fassaden zurück, was die Bedrohlichkeit noch verstärkte. Er stand auf und ging ein paar Schritte auf den Spiegel über dem spartanischen Waschbecken zu. Er spürte die Verletzungen der letzten Nacht kaum noch.

Der Spiegel schickte ihm das Bild eines Kopfes zurück, der gerade ein viertelstündiges Tête-à-tête mit Jack LaMotta hinter sich hatte, bei dem er ihm eröffnet hatte, daß er seine Frau vögeln wollte.

Die Lippe war dick angeschwollen. Die Augenbraue ließ eine dunkelblau angelaufene Schwellung aus dem Verband hervorgucken. Die Backen hatten ihre Ausmaße verdoppelt und zogen sich so weit ins Gesicht hoch, daß sie die Augen zudrückten. Das Kinn wackelte. Er machte dreimal Whap-Doo-Whap vor dem Spiegel, um die Kieferknochen zu testen. Sie funktionierten noch.

Es war Zeit, die Dinge wieder zurechtzurücken. Zu lange schon hatte man ihn angeschissen.

Er ging leicht in die Knie und zog den Kopf ein, um seinen Schädel im Spiegel zu betrachten. Dann kämmte er sich sorgfältig. Er freute sich, daß die Schramme von der Nutte nicht mehr zu sehen war.

Er fühlte sich ausgesprochen gut. Eine leichte Reizung im Magen erinnerte ihn, daß er noch nicht gegessen hatte. Er zog sich rasch an, indem er ohne nachzudenken die dreckigen Sachen vom Vortag nahm, steckte die Krawatte zu einer Kugel gerollt in seine Tasche und bückte sich, um seine Schuhe unter dem Bett zu suchen, bis ihm einfiel, daß sie ihm geklaut worden waren. Die Socken steckte er zur Krawatte. Er schwang das Jackett über die Schulter und verließ das Zimmer. Auf dem Gang war es kühl. Seine nackten Füße verursachten kein Geräusch auf den gut gepflegten Kacheln.

Es war Zeit, die Dinge wieder in Ordnung zu bringen.

Draußen blendete ihn das Licht, das Trottoir verbrannte ihm die Füße und die Töne der Marseillaise überzogen ihn mit Gänsehaut.

Manu versuchte, sich an den Moment zu erinnern, als er Ferton in der Menge verloren hatte, fragte sich, warum er so schnell lief, wo er doch gar nicht wußte wohin, schaute nach seinem Arm, der an der Hüfte baumelte, und bemerkte den Colt in der krampfhaft geballten Faust. Der Mann war zusammengebrochen. Schlapp wie ein Ertrunkener unter Wasser.

Warum hatte er geschossen? Er versuchte, seine Handlungsweise zu begreifen. Der Unbekannte hatte ihn bedroht. Nein, in Wirklichkeit hatte er Ferton bedroht, nicht ihn. Ferton war der Hauptdarsteller in einem Film, in dem er keine Rolle hatte. Ferton war das Ziel. Er konnte sich noch so sehr über seine Handlungsweise befragen, Vermutungen anstellen, er kam immer zur selben Schlußfolgerung. Er hatte sich bedroht gefühlt, einen Mann getötet und Ferton das Leben gerettet.

Was zählte mehr für sein Gewissen? Der Tod eines Unbekannten oder das Leben Fertons? War er ein Mörder oder ein ehrenhafter Ritter?

Wie sollte er wissen, ob ihn die kommenden Nächte der Schlaflosigkeit seinen Gewissensbissen oder dem tiefen Schlaf nach getaner Pflicht ausliefern würden? Aber wenn er ihm das Leben gerettet hatte, so hatte Ferton das mehr als wettgemacht, indem er angebliche arabische Terroristen beschuldigte, als die Menge ihm ein böses Ende zu bereiten drohte.

Am meisten entsetzte ihn, daß Unschuldige für ihn würden zahlen müssen. Gerade in diesem Moment stiegen schwarze Rauchwolken über den Wohnhäusern auf.

Er steckte die Zeigefinger in seine Ohren rein und raus, um wieder zu hören, so daß sich das Gebrüll der revanchistischen Menge, das den Krach der Explosionen anfeuerte, in sein bereits am Siedepunkt angelangten Gehirn ergoß. Zweifellos gab es brennende Autos – mit einem Fahrer, oder gar einer ganzen Familie im Innern.

Gerade fünfzig Meter vor ihm stand eine Familie. Völlig unbeweglich schienen sie für ein Photo zu posieren, den Apparat auf dem Stativ anzustarren. Doch da war kein Photograph. Der ziemlich kleine Vater trug auf einem angewinkelten Arm ein kleines Kind. Die Mutter fehlte. Ein junges Mädchen von vielleicht zwölf Jahren, das wie alle Mädchen aus dem hinteren Bergland in lebhaften Farben gekleidet war, hielt ihren etwas jüngeren Bruder an der Hand.

Ihr Blick war ganz ruhig. Sie schienen darauf zu warten, daß der vom Photographen versprochene Vogel aus dem imaginären Objektiv geflogen käme. Doch sie schauten auf keinen unter einem schwarzen Tuch versteckten Photographen, sondern auf eine brodelnde Menschenmenge, die auf sie zukam. Ein riesiger Trauerzug, eine Menge, die von den Haßtiraden, die unter das blutige Versprechen der Nationalhymne gemischt waren, in Hysterie versetzt worden ist.

Ihr Blick war vertrauensselig. Sie verstanden kein Französisch, kannten die Bedeutung der Wörter, wie Bikotten, Ratten, Mörder, nicht. Im Gegenteil, sie dachten, sie hätten nichts zu befürchten von Strophen wie Vor in uns-re Ar-me drän-gen sie, Uns-re Söh-ne, Ge-fähr-ten hän-gen sie, Bür-ger, zu den Waf-fen! Diese Worte immerhin kannten sie gut, sie liebten sie.

Der alte Goumier streckte sich, verstellte seinen Beinstumpf, stimmte in das Schließt Eu-re Rei-hen ein und wippte seinen kleinen Sohn im Rhythmus der Marschmusik, damit das Kind diesen historischen Moment mit ihm gemeinsam erleben konnte. Vor-wärts! Vor-wärts!

»Haut ab!« brüllte Manu. Er lief los wie ein Wahnsinniger. Sein Revolver behinderte ihn. Er versuchte ihn im Gürtel zu befestigen, was ihm aber nicht recht gelingen wollte. Nur lose zwischen das Leder und seinem Bauch geklemmt, fiel die Waffe bald zu Boden. Manu verlor keine Zeit damit, sie wieder aufzuheben.

»Haut ab!« Er erreichte sie im gleichen Moment wie die Meute. Der Schrei des kleinen Mädchens zerriß ihm das Herz. Er schnappte sie um die Taille, riß den Jungen hoch über seine Schulter und rannte weiter, ohne langsamer zu werden, obwohl die beiden Körper an ihm hin- und herschlenkerten. Rennen, nur rennen, dem rasenden Pöbel entkommen.

Außer Atem stellte er die beiden Kinder, als er sich sicher war, daß sie sich außer Gefahr befanden, wieder auf den Boden. Den Kopf gesenkt und beide Arme um die Taillen der Kinder geschlungen, beugte er sich über die Knie, um wieder Luft zu bekommen.

Nachdem er sich wieder aufgerichtet hatte, waren von der ganzen Szenerie nur noch die verstreuten Klamotten eines umgestülpten Bastkorbes übrig. Keine Spur mehr vom Goumier und seinem kleinen Jungen. Seine Augen suchten Ferton, konnten aber niemanden entdecken.

Er nahm die beiden Kinder an der Hand und begann in Richtung seines Appartements zu laufen, wobei er stets auf den Lärm der Menge achtete. Die kleine Hand Fathyias klammerte sich fest an seine.

Während er in Brahims kleinem Lebensmittelgeschäft, das durch die zur Hälfte heruntergelassenen Rolladen in ein angenehm kühles Halbdunkel getaucht war, für die Kinder etwas zu essen kaufte, dachte Manu nach.

Es war klar, daß die über Radio verbreitete Nachricht von der Vergewaltigung das Wüten in den Straßen entfacht hatte. Dieselben männlichen Schnapsnasen, die zur Stunde des Aperitifs aus Gewohnheit versichern, daß eine Frau nur deshalb vergewaltigt wird, weil sie es selbst will, konnten es nicht ertragen, daß eine Europäerin, *eine von ihnen*, von Arabern vergewaltigt wird. Er war sich allerdings im klaren darüber, daß er, Manu, diese Entrüstung zur tödlichen Raserei getrieben hatte, indem er zugelassen hatte, daß den Arabern die Schuld in die Schuhe geschoben wurde.

Und diese Raserei hatte eine blutrünstige Meute dazu gebracht, einen alten Goumier und eines seiner Bälger seinetwegen umzubringen.

Jetzt fühlte er sich für die beiden anderen Kinder verantwortlich, deren Namen er nicht kannte und deren Sprache er nicht verstand. Mit Lebensmitteln und Süssigkeiten beladen stieg er die Treppe hoch.

Der Junge schlief. Fathyia probierte vor dem Spiegel den Büstenhalter aus, den sie gefunden hatte. In Erwartung einer Bestrafung schlug sie die Augen nieder, doch als Manu lachte, lächelte sie ihrerseits und war glücklich. Während seiner Abwesenheit hatte sie gekehrt, Geschirr gespült und versucht, seine Bücher aufzuräumen, die aus einem Bücherschrank gepurzelt waren, den er verrückt hatte.

Sie hatte das Fenster geöffnet, so daß es im Studio nicht mehr nach Achselhöhlen von Möbelpackern am Ende ihres Arbeitstags roch.

Er löste das Band, das den häßlichen Chintzvorhang hielt, damit sie sich keine Sorgen über die dicken schwarzen Rauchschwaden machte, die in der Windstille aufstiegen.

Er packte seine Schätze aus und ließ sie essen, dann erklärte er Fathyia so gut er konnte, daß er wieder weggehen müßte. Er fand die richtigen Gesten, um ihr das Gefühl von Sicherheit zu geben, und sagte ihr, daß sie auf ihn warten solle.

Er umarmte sie und ging. Er wollte Ferton wieder treffen, ihn fragen, wer diese Louise sei, von der er erzählt hatte, und versuchen, mehr über Georges zu erfahren.

10

Mit seinen mageren Fingern stellte Ikken das Gleichgewicht der Ray-Ban auf seinem Nasenrücken wieder her und kramte unter den Zigaretten, die lose in seiner Tasche herumlagen eine Casa-Sports hervor. Normalerweise rauchte er ziemlich wenig. Demnach mußte heute ein ganz besonderer Tag sein: er hatte schon weit mehr als ein Schachtel geraucht.

Er fuhr, ohne aufzufallen, durch eine Gruppe mit Knüppeln bewaffneter Demonstranten, denen es nicht in den Sinn kam, daß dieser fast rotblonde Junge heller Hautfarbe, der bis zur Sonnenbrille hinter dem Steuer eines Buick versunken war, ein Araber sein könnte. Umso weniger, als dieser Junge dieselben schwachsinnigen Slogans mit ihnen skandierte.

Hinter den Demonstranten zeugte eine umgestürzte Ente inmitten von Gemüsekisten vom Vorüberziehen der wilden Horde. Das Fahrgestell war in Flammen aufgegangen und ein Glutregen stob durch die Luft, die vom dicken, schwarzen Qualm, den die Reifen ausspien, verpestet war.

Das frische Gemüse war schon einer Ratatouille nahe.

Einige noch sehr junge Hitzköpfe umringten das Flammenmeer und überhäuften es mit Beleidigungen. Dadurch war der Buick gezwungen, im Schrittempo vorbeizufahren. Ikken sah durch den Rauchschleier, der einen Körper verhüllte, einen geschwärzten Kopf voller Blasen aus dem Feuer ragen. Das verkohlte und mit einer schauderhaften Grimasse gen Himmel gerichtete Gesicht hatte einen offenen Mund und gekochte Augen.

Ein stechender Brechreiz überkam ihn. Eine brennende Säure kroch ihm die Kehle hoch und verbrannte die Schleimhäute. Er drückte auf den Knopf, mit dem sich das Verdeck und die Scheiben automatisch schließen lassen, und bekam unter der stickigen Hitze, die unter dem Segeltuch hing, das sich langsam über ihm senkte, fast keine Luft mehr.

In der vom Öl siedend heißen Luft schwirrte ein ganzer Schwarm von Mücken, und die gefräßigsten versuchten, sich auf die Blasen zu setzen, die das Fleisch bildete. Ikken hätte fast gekotzt. Die tobende Menge beschimpfte weiter den Kadaver. Es waren viele Frauen unter ihnen. Sie schrien noch lauter als die Männer, mit geiferndem Gezeter, das wie ein wollüstiges Stöhnen aus ihren Kehlen kam. Eine von ihnen, die die vierzig schon weit überschritten hatte, unscheinbar gekleidet, als sei sie gerade aus der Elfuhrmesse gekommen, riß sich von ihrem Mann los, der sie zurückhalten wollte, stürzte sich auf die Feuersglut und versetzte dem versengten Kopf einen Fußtritt. Der Pfennigabsatz stach in den Schädel, und der vergoldete Pumps blieb in der Glut stecken. Die minderwertigen Lederriemen verformten sich unter der Hitze sehr schnell, bis sie einen Heiligenschein aus kleinen Goldsplittern um den verkohlten Kopf herum bildeten.

»Schau Céleste«, sagte ihr Mann, um sie zu trösten, »du wirst dir dafür ein Paar Neue kaufen.«

Ikken schluckte, was ihm so säuerlich aufgestoßen war, wieder hinunter und beschleunigte die Fahrt durch die Demonstranten auch auf die Gefahr hin, einige umzustoßen. Ein junges Mädchen kletterte über die vordere Stoßstange auf die Motorhaube und versuchte, während sie um ihr Gleichgewicht kämpfte, einige Photos zu machen. Er wurde wieder langsamer, um ihr beim Fahren ein Absteigen zu ermöglichen, und als sie sich hinunterbeugte, um abzuspringen, konnte er glatt ihre Unterhose sehen.

Er erinnerte sich an das junge Mädchen aus der Nacht zuvor, an den verzweifelten Ausdruck in ihrem Gesicht, kurz bevor es unter der Masse des Mannes verschwand, der es zermalmte. Er hätte sich auf ihn gestürzt, wenn ihn nicht zwei Nachbarn zurückgehalten hätten, und er hielt seinen Kopf lange in den Armen der Männer vergraben, die ihn umklammerten, um leise zu weinen, weil er die Erniedrigung des jungen Mädchens wie seine eigene empfand. Er fühlte vage, daß sie und er etwas gemeinsam hatten, ihre Schwäche, und daß sie beide Opfer einer brutalen Macht waren, sie als Frau und er als Kolonisierter.

Nie würde er das Gesicht dieses Mädchens vergessen, ebensowenig, wie er das Gesicht des Monstrums je vergessen würde.

Aber das Monstrum hatte wenigstens schon eine Tracht Prügel bekommen, und es sollte noch an diesem Abend sterben, punkt acht Uhr.

Weitere schwarze Säulen zogen in dicken Spiralen schwerfällig in den ungelöschten Kalk des Himmels.

Um einer weiteren Menschenansammlung aus dem Weg zu gehen, bog er in die Rue de Commercy ab.

Emile Gonzalès erkannte den Buick, noch bevor er eingebogen war. Er entsprach genau der Suchmeldung, die ihm übergeben wurde, als er sich wieder zum Dienst zurückgemeldet hatte. Er sollte den Verkehr auf dem Saint-Exupéry-Rondell regeln. Baujahr 51, schwarz, mit weißem Verdeck, Weißwandreifen.

Mit einem Handzeichen hielt er den Verkehr an und machte seinen Kollegen, Wachtmeister Franceschi, aufmerksam, der auf dem Trottoir gegenüber postiert war.

Der amerikanische Wagen hielt sanft vor dem Zebrastreifen an, zwei Schritte von ihm entfernt.

Er klopfte ans Fenster, um den Fahrer zu veranlassen, es runterzukurbeln.

Kaum hatte Ikken den Bullen hinter der Scheibe erkannt, drückte er das Gaspedal voll durch. Der Buick machte einen Satz, die Automatik brachte ihn auf Geschwindigkeit und er raste über die Kreuzung auf den Lyautey-Park zu.

Gonzalès brauchte eine Ewigkeit, um seine Waffe zu ziehen, kniete sich in Schußposition hin, wie man es ihm am Vortag gelernt hatte, und stellte fest, daß er die Automatik nicht geladen hatte.

Der Buick entging um Haaresbreite einem alten Pakkard, erwischte mit seiner Heckflosse einen Nash Rambler, ohne deshalb langsamer zu werden, streifte einen Singer mit offenem Verdeck, in dem vier Fanatiker französische Fahnen schwenkten und prallte mit voller Wucht auf eine Araba, die mit einem Haufen schlecht zusammengebundener Möbel überladen war und von einem gleichgültigen Esel gezogen wurde. Der Karren barst in Hunderte von Holzsplittern auseinander, die so gefährlich wie Dolchklingen waren. Eine Drahtmatratze sprang aus ihrer Halterung, überschlug sich zwei- oder dreimal in der Luft, schlitterte auf ihren Blattfedern rund hundert Meter über die Straße und mähte einen Radfahrer um, der es nicht gewöhnt war, auf dreispurigen Straßen Matratzen auszuweichen.

Ikken wurde aus dem Buick geschleudert, rappelte sich wieder hoch, um zwischen den Autos im Durcheinander der Kreuzung abzuhauen. Doch in dem Moment, als er zu laufen anfing, erwischte ihn eine Kugel von Wachtmeister Franceschi am Oberarm. Der Schmerz trieb ihm wieder Kotze in den Mund. Er spuckte aus, legte seinen verletzten Arm in den anderen und lief im Zickzack durch das Wirrwarr der Autos.

Der von seiner Araba befreite und durch den Schuß aufgeschreckte Esel wählte just diesen Moment, um in gerader Richtung Reißaus zu nehmen.

Geradeaus stand Gonzalès.

Er zögerte einen Moment lang zwischen den Möglichkeiten, seine Waffe zu laden oder das Eselchen gegen seinen Bauch rennen zu lassen, entschied sich dann aber, über das apfelgrüne Verdeck eines neben ihm parkenden erdbeerroten Oldsmobile zu hechten.

Er fiel genau in dem Augenblick auf der anderen Seite wieder runter, als Ikken auf dem Trottoir davonrennen wollte.

Der Schmerz in seinem Knöchel kehrte schlagartig zurück und ließ ihn eine fürchterliche Grimasse ziehen. Er streckte den Arm mit der Waffe aus, um sein gefährdetes Gleichgewicht wiederzuerlangen.

Ikken blieb sofort vor der auf ihn gerichteten Waffe stehen und hob seinen noch gesunden Arm.

Schmerzen. Schmerzen im Bauch und im Kopf. Das Halbdunkel. Grau-schwarz, mit einem Stich Ocker. Und diese Explosionen in der Ferne. Diese viel zu lauten Explosionen, im Kopf.

"Ginette Garcia. Ich bin Ginette Garcia. Ich liege in einem Bett. In einem Krankenhaus. Was ist mir passiert?"

Detonationen. Immer wieder Detonationen. Unmöglich nachzudenken. Sie fühlte, wie sie im Schlaf versank und wieder an der Oberfläche auftauchte, wie sie schwer atmete, um die Beklemmung abzuschütteln, die ihre Brust zuschnürte, wie sie erneut zurücksank und wieder auftauchte. Etwas Furchtbares war geschehen. Aber was?

Die Augen aufmachen, wachwerden, sich zwingen, sie zu öffnen, die Lider heben, den Schleier wegreißen, sich konzentrieren, sich wiedererinnern. Explosionen, und wieder Explosionen. Und immer lauter.

Sie erinnerte sich an das Feuerwerk gestern abend. Doch an nichts weiter, an nichts. Da war ein großes, schwarzes Loch, ein schwindelerregendes Loch. Sich an den Rand wagen, hineinschauen. Aber nicht hineinfallen, vor allen Dingen nicht hineinfallen. In ihrem Kopf drehte sich alles. Ihr Kopf war schwer, schrecklich schwer, riß sie mit sich fort. Dagegen ankämpfen.

Sich konzentrieren, das Schwindelgefühl bezwingen, den Alptraum begreifen. Sie sah sich über eine Straße rennen und die gelben Augen, die gelben Augen des schwarzen Ungeheuers, das plötzlich da war, um sie zu zermalmen. Rennen. Und sich erinnern, um jeden Preis.

"Ginette Garcia. Ich bin Ginette. Gin. Wie bin ich hierher gekommen? Wie?"

Und immer wieder diese Detonationen, die im Kopf krachten. Unmöglich nachzudenken.

»Wie fühlen Sie sich?«

Die Lider heben. Die Augen öffnen, mit aller Kraft die Augen öffnen.

Weißes Licht. Ein Arzt. Eine Frau. Ein Umriß, der sich bewegt.

Die Lippen befeuchten. Und Sprechen. Sprechen.

»Wie fühlen Sie sich?« wiederholte der Umriß.

»Wo...«

Den Mund öffnen. Die Zunge lösen. Sprechen.

»Wo bin ich?«

»Sie... Eukalyptus-Klinik... Beobachtung...«

Sich konzentrieren. Zuhören. Verstehen.

»... noch unter Schock... vorübergehende Amnesie... Beruhigungsmittel...«

Den Faden nicht verlieren. Die Lieder sind zu schwer. Kämpfen. Dagegen ankämpfen. Und wieder diese Explosionen, die immer weiter weg sind.

Doktor Hélène Bellanger schwieg. Gin war wieder eingeschlafen.

Sie näherte sich dem Bett. Plötzlich hatte sie einen anderen Gesichtsausdruck. Unsanft hob sie eine Haarsträhne, um das Gesicht zu betrachten.

Es schien ruhiger zu werden. Die schlimmsten Spuren des Überfalls verschwanden bereits, wie durch ein Wunder.

»Vergewaltigt? Was du nicht sagst...«, meinte die Mutter und ließ die Strähne wieder zurückfallen.

11

Inspektor Shumacher schaute auf die Stadt hinunter. Mit Daumen und Zeigefinger spreizte er die staubigen Lamellen der Jalousette auseinander. Eine Salve aus einer Maschinenpistole ratterte durch die unbewegliche Hitze.

»Im Radio haben sie Schirokko für heute angesagt«, meinte er, ohne sich umzudrehen. »Das hat uns gerade noch gefehlt...«

»Auf wen schießen die?« fragte Gonzalès.

»Auf die Ratten natürlich. Die Dreckskerle wollen zur Medina runter.«

»Könnte man sie nicht mit Wasserwerfern auseinandertreiben?«

»Wir haben nur einen. Und der ist gerade defekt.«

Der Inspektor kehrte ins schattige Zimmer zurück. Ohne ihn anzuschauen, stieg er über den auf dem Rücken liegenden Araber hinweg, dessen Handgelenke mit Handschellen an die schweren Schreibtischfüße gefesselt waren. Seine Schuhsohle klebte in dem gerinnenden Blut, das sich vom Arm aus über die ekzematösen Bodenfliesen ausbreitete.

»Emile, ich bin stolz auf dich, und auch deine Kusine wird stolz sein, wenn ich ihr sage, daß du ein Held geworden bist – ja, ja, ein richtiger Held! –, weil du dieses Terroristenschwein festgenommen hast.«

Der Inspektor versetzte Ikken einen harten Fußtritt in die Rippen, sodaß er vor Schmerz brüllte und sich zusammenkrümmte. Gonzalès sprang entsetzt auf.

»Doch du mußt eins wissen«, fuhr Shumacher fort. »Die Polizei verfügt nicht über die Mittel, um Aufstände zu bekämpfen! Praktisch kein Polzeifunk. Keine Wasserwerfer. Nicht mal genügend Knüppel. Deshalb kann eine Demonstration von Europäern die Stadt in Blut und Asche tauchen, und wir können sie nicht davon abhalten

– natürlich schießen wir nicht auf Europäer!... Und gegen die Ratten ist es ein- und dasselbe. Wir verfügen nicht über die materiellen Mittel, um sie gewaltlos auseinanderzutreiben, also schießen wir in den Haufen. Was anderes können wir nicht tun!«

Eine Serie von Schüssen, die von der Straße nach Bouskoura kamen, bildete das Echo auf seine Worte, als wollte sie diese bestätigen.

Ein Chaouch trat ein und kündigte die Ankunft von Georges Bellanger an.

»Soll reinkommen.«

Müdigkeit und Schläge hatten die Bräune weggewischt und sein geschwollenes Gesicht grün anlaufen lassen, doch mit seiner alten Arroganz hatte Georges auch neue, saubere Kleidung angezogen.

»Wie ich Ihnen schon am Telefon sagte, wurde ihr Wagen wieder aufgefunden«, legte der Inspektor los.

»In gutem Zustand?«

»Das werden Sie bald sehen. Jedenfalls bekommen Sie ihn von mir nicht neu lackiert. Kennen Sie dieses Mistvieh?« fragte er und stauchte dem Mann auf dem Boden in die Hüften.

»Nein!« rief Gonzalès, der sich beherrschen mußte, um nicht einzugreifen.

Georges erkannte einen der beiden Angreifer vom frühen Morgen wieder. Er wollte sich schon auf ihn werfen, doch Shumacher hielt ihn zurück.

»Ist mein Job, ihm eins überzubraten, nicht Ihrer!«

»Ja, das ist der verdammte Bikotte, der mir das angetan hat! Mit einem Schlagring!« präzisierte Georges.

»Komisch, hat man nicht bei ihm gefunden. Erzählen Sie!«

»Gut. Wir gingen auf eine Soirée nach Anfa.«

»Wer ist wir?«

»Ein Bekannte und ich. Ginette Garcia«, meinte Georges vom feindseligen Ton in der Stimme überrasacht. »Ich fuhr in aller Ruhe, als wir von 15 Ratten angegriffen wurden.«

»Wie angegriffen?«

"Nur nicht aufregen", sagte sich Georges, "immer schön ruhig bleiben, die Geschichte erzählen, wie sie sich wirklich hätte abspielen können, zusehen, den Namen dieses Bullenarschlochs rauszubekommen, und ihn dann von Malatesta in die Wüste schicken lassen.«

»Ich sah, wie sich zwei Bengel auf der Straße prügelten«, erklärte Georges. »Ich hielt an, um sie zu trennen, doch ich hatte mich kaum vom Steuer entfernt, da sind sie über mich hergefallen und haben mich verprügelt. Ich konnte nicht das geringste tun, als sie Gin vergewaltigt haben.«

»Wer hat sie vergewaltigt?«

»Alle, nehm ich an.«

»Stellen Sie keine Vermutungen an, sondern erzählen Sie, was Sie gesehen haben!«

»Ich weiß nur«, sagte Georges, »daß ich ohnmächtig geworden und erst in der Stadt wieder zu mir gekommen bin... Sie brauchen doch bloß den da verhören. Ich hab sie ja nicht vergewaltigt, oder?«

Ikken rappelte sich hoch, nahm seine ganzen Kräfte zusammen und schrie:

»Er war es! Ich schwöre Ihnen, daß er sie vergewaltigt hat!«

»Halt's Maul, Bikotte!« knurrte Schumacher.

»Er hat sie bei Anfa vergewaltigt, er hat sie einfach liegenlassen und ist allein in seiner Karre davongefahren. Und wir haben sie gefunden und gepflegt!«

»Und die Karre?«

»Die Karre haben wir ihm später abgeknöpft, vor dem Eingang des Restaurants, wo wir ihn ausfindig gemacht hatten.«

»Welches Restaurant?«

»Ich kenn seinen Namen nicht, Herr Inspektor, aber ich schwöre Ihnen. Alles was ich weiß, ist, daß es am Boulevard de la Gare liegt.«

»Gut. Halt's Maul jetzt«, sagte Shumacher.

»Er war's, ich schwöre es!«

»Du redest, wenn du gefragt wirst, klar! (und an Georges gewandt:) Wie heißt dieses Restaurant?«

»Aber ich war in überhaupt keinem Restaurant«, brüllte Georges. »Es genügt Ihnen wohl nicht, daß man mir die Fresse eingeschlagen, mein Mädchen vergewaltigt und meine Karre geklaut hat, jetzt hören Sie auch noch auf die da! Und das ist die französische Polizei!«

Die Tür wurde krachend aufgeschlagen. Kommissar Guglielmi triefte vor Schweiß.

»Shumacher, dieses Geschrei geht mir auf die Nerven! Was soll dieser Radau? Wer ist der Kerl?« fügte er noch hinzu, als er Georges sah.

»Ein Typ, den ich wegen der Vergewaltigungssache vernehme.«

»Was? Den Sie wegen was vernehmen? Ich glaub, ich träume, oder was?«

Er zeigte auf Ikken.

»Herrgott nochmal, da haben Sie doch Ihren Schuldigen! Was wollen Sie noch mehr?«

»Da ist einiges noch unklar.«

»Shumacher! Lassen Sie das Geständnis dieses Mistviehs tippen und ihn ein Kreuz machen, diese Arschlöcher sind ja zu blöd, um lesen zu können. Das ist alles, was ich von Ihnen verlange.«

»Es gibt da noch ein paar Dinge, die ich gern verstehen würde«, sagte Shumacher, ohne sich aus der Fassung bringen zu lassen. »Ich werde das Mädchen befragen.«

»Shumacher!« brüllte der Kommissar wütend, »sie ist vergewaltigt worden, haben Sie gehört? Vergewaltigt! Demnach hat sie ein Recht auf Vergeltung und Gerechtigkeit, nicht auf idiotische Befragungen. Ich untersage es Ihnen, Shumacher! Ich untersage Ihnen, das Mädchen zu besuchen! Lassen Sie sie in Ruhe, wie Sie diesen Jungen da in Ruhe lassen sollen. Das ist ein Befehl!«

»Von wem kommt der Befehl?«

»Shumacher, Sie überschreiten Ihre Grenzen!«

Der Inspektor konnte seine heftige Gereiztheit nicht verbergen. Er versetzte Ikken einen wütenden Schlag gegen den verletzten Arm, der ihn schmerzvoll aufschreien ließ.

Gonzalès flog zu Shumacher hinüber. Er packte ihn

und hielt ihn fest umschlungen, um ihn an weiteren Ausbrüchen zu hindern, doch Shumacher versuchte nicht einmal, sich zu befreien, plötzlich war er ruhig.

»Shumacher, fangen Sie in meiner Gegenwart nie wieder damit an«, sagte Guglielmi. »Ich verabscheue Gewalt.«

Er peilte ein dreckiges Handtuch an, das an einem rostigen Nagel neben dem vom Inspektor mehr zum Pissen denn zum Händewaschen benutzten Waschbekken hing, und wischte sich damit den Schweiß ab.

»Wie, sagten Sie doch gleich nochmal, heißen Sie?« fragte er Georges, während er sich das Handtuch zwischen Hemd und Haut in den Nacken stopfte.

»Georges Bellanger.«

»Verwandt mit Doktor Bellanger?«

»Ihr Sohn.«

»Oh... ihr Sohn!«

Er warf Shumacher einen vernichtenden Blick zu, um ihn die ganze Tragweite seines Fehlverhaltens spüren zu lassen.

»Überbringen Sie Ihrer verehrten Frau Mutter die besten Grüße, und seien Sie so nett und verzeihen Sie noch einmal meinen Männern, aber all diese Ereignisse haben sie nervös gemacht. Die Überstunden, der Personalmangel...«

»Ich verstehe. Sie verrichten hervorragende Arbeit. Kann ich jetzt meine Schlüssel haben?« fragte Georges.

Shumacher warf ihm den Schlüsselbund quer durch den Raum zu. Georges konnte ihn gerade noch fangen.

»Danke. Meine Mutter wäre sicher glücklich, Ihnen allen persönlich danken zu können, Herr Kommissar. Würden Sie mir Ihre Namen nennen?«

»Guglielmi... Kommissar Guglielmi. Ich denke, Doktor Bellanger wird sich an mich erinnern... Ich beschäftige mich unter anderem auch mit dem Sozialwerk der Polizei, und Madame Bellanger ist immer sehr großzügig zu unserer Institution gewesen.«

»Und Ihr Untergebener?«

»Meinen Sie den Namen des Inspektors?« sagte Guglielmi betreten.

»Shumacher«, warf ihm der Inspektor zu. »Sie können es gerne vor dem kleinen Freund Ihrer Mama wiederholen.«

»Ich werde daran denken«, meinte Georges.

»Shumacher«, platzte der Kommissar, »entschuldigen Sie sich sofort! Los, entschuldigen Sie sich auf der Stelle bei...!«

Er hielt inne. Georges war bereits hinausgegangen.

»Das werden Sie mir büßen, Shumacher!«

Die Tür schlug hinter ihm zu.

Shumacher hatte seinen Platz am Fenster wieder eingenommen, die Hände in den Taschen. Um seine Nervosität zu verbergen, kehrte er Gonzalès den Rücken zu.

»Ich kann diese reichen Söhne nicht riechen«, murmelte er zähneknirschend. »Ich verabscheue sie genauso wie Juden oder Ratten.«

Er zog die Jalousie hoch. Die Palmen raschelten mit ihren ausgetrockneten Bastblättern. Der Schirokko kam auf. Der drückende Wind eroberte die letzten Schattenzonen, in denen noch ein Hauch von Kühle ein Refugium gefunden hatte. Die ganze Stadt war wie in geschmolzenes Blei getaucht.

Als er sich wieder umdrehte, war er rot wie der Sollbetrag auf einem Bankauszug. Er ging einige Schritte, um seine Wut im Zaum zu halten, hielt brüsk vor der Wand zum Gang hin an und hämmerte unter rasselndem Atem mit der Faust gegen sie.

Er entfernte sich von der Wand und boxte weiter gegen einen imaginären Gegner, teilte Schläge aus, wich den imaginären Schlägen aus, brach plötzlich ab, lächerlich entspannt, um sich gleich wieder in den direkten Körperkontakt mit seinem phantomartigen Sparring-Partner zu begeben.

Der Schweiß lief ihm den Hals hinunter ins Hemd, in die Unterhose, in die Socken, und jeder seiner Uppercuts besprengte die Fliesen mit einem lauwarmen Regen.

Gonzalès ließ ihn nicht aus den Augen.

Er sah, wie der Inspektor mit seinen Füßen die Beine

Ikkens auseinanderspreizte und ihm seine Latschen voll in die Eier stieß.

»Hören Sie auf!« schrie Gonzalès und hechtete sich auf ihn.

Er stieß Shumacher soweit wie möglich weg von dem Körper, der sich wie ein Wurm krümmte, nahm die Schlüssel vom Tisch und kniete sich neben den Gefangenen hin, um ihm die Handschellen abzunehmen und ihm beim Aufstehen zu helfen.

Doch der kauernde Araber rollte sich zu einer Kugel zusammen und rammte ihm seinen Kopf in den Bauch, sodaß er auf dem Rücken landete.

Noch bevor sich Gonzalès hatte erheben können, holte Shumacher zu einem fürchterlichen Faustschlag aus, der laut und deutlich den Kiefer des Gefangenen brach. Mit dem nächsten Schlag zertrümmerte er ihm das Nasenbein. Das Blut sprudelte aus der Nase. Er packte ihn mit beiden Händen am Revers, zerrte ihn zum Fenster, setzte ihn rittlings aufs Fensterbrett und stieß ihn hinaus.

Ikkens Augen schlossen sich über einem rot braun schwarz blutigem Kaleidoskop, das mit psychedelischen Verfremdungen in seinem Gehirn aufplatzte, doch unter den sich bewegenden Formen färbte sich rot braun blutig schwarz das Gesicht des Mädchens aus der Nacht zuvor, auf das er zugerannt war, nachdem ihn die Nachbarn endlich losgelassen hatten und der Mann abgehauen war, um es in seinen Armen zur Hütte von Lalla Chibanya zu tragen.

Der größte Teil seines Körpers hing bereits im Leeren, der Kopf baumelte hintüber, die Arme pendelten in die Tiefe, der Boden lag sechs Stockwerke unter ihm.

Ikken preßte die Lider zusammen, damit sich das Bild nicht verschleierte. Das junge Mädchen trieb jetzt rot braun schwarz blutig vor ihm. Er schwor ihr, daß das Ungeheuer um acht Uhr sterben würde, und sie fielen zusammen in die Tiefe, als Shumacher ihn losließ.

Gonzalès stand zu spät auf. Er war mit einem Sprung am Fenster, glaubte, die Beine Ikkens noch packen und ihn halten zu können, doch er hatte nur seine Schuhe erwischt. Ohnmächtig mußte er zusehen, wie der Körper ins Leere kippte.

»Was ist denn nun schon wieder los!« bellte Guglielmi, der in diesem Moment wieder ins Zimmer hineinstürmte.

»Fluchtversuch«, antwortete Shumacher und sah den Kommissar dabei starr an.

Gonzalès senkte die Augen über das Paar Schuhe, das er in der Hand hielt. Sie waren noch neu. Echte Manfields.

»Fluchtversuch, hä?« knurrte der Kommissar.

»Auf die Bikotten muß man mehr aufpassen als auf die Milch auf der Kochplatte«, sagte Shumacher völlig entspannt. »Kaum kehrt man ihnen den Rücken zu, nehmen sie Reißaus.«

12

»Miquette!«

Sie hörte ihn nicht. Manu rannte über das Trottoir, den Kopf nach oben gestreckt, um das kleine Auto, das sich durch den dicht gedrängten Verkehr schlängelte, nicht aus den Augen zu verlieren.

Sie fuhr ihren 4 CV wie einen Sportwagen, scherte in die kleinste Lücke ein, zögerte keinen Augenblick, auf der Gegenfahrbahn zu überholen. "Sie hat sich kein bißchen geändert. Echt eine Gefahr für die Öffentlichkeit", dachte Manu. Er hatte sie mit neunzehn kennengelernt. Sie war damals zweiundzwanzig. Er hatte sie gefragt: Was willst du trinken? und er hätte wetten können, daß sie einen Crush oder ein Coca-Cola wählt. Einen Gin, aber ohne Eis, hatte sie geantwortet und sich auszuziehen begonnen.

»Miquette!«

"An der nächsten Ampel krieg ich sie." Eine Brünette, mit grünen Augen und großen Zähnen, groß wie alles an ihr: ein Meter fünfundsiebzig in Mädchenschuhen Größe 43. Ihre Haare sahen immer aus, als wäre sie gerade aus dem Schwimmbad gestiegen. Sie hatte die Schultern einer Olympiaschwimmerin und Schenkel, von denen man annehmen könnte, daß sie sich auf zweihundert Meter Delphin eher in ihrem Element befänden als auf einer Federkernmatratze, die jedoch täglich das Gegenteil bewiesen, wenn sie sich mit einem Wohlbefinden in die Luft streckten, das in diesen Breitengraden, wo Pieds-Noirs und Muselmanen wunderbar darin übereinstimmten, daß man weder Mütter noch Frauen, noch Schwestern oder Töchter vögeln durfte, selten anzutreffen ist.

Miquette hatte weder Bruder noch Ehemann, und ihre Eltern besaßen das beste Hotel von Ifrane. "Ich hab sie gleich. Der Bus da drüben wird sie einklemmen."

»Miquette!«

Sie drehte sich um, und ihre Zähne strahlten in ihrem gebräunten Gesicht wie ein kühles Versprechen.

Draußen hatte der Schirokko kräftig losgefegt. Er drückte die schwarzen Rauchsäulen flach auf den Boden, zog die Flammen der brennenden Autos in die Länge und vermischte Asche und verkohlte Trümmerstücke mit dem feinen Wüstensand, der selbst in der Stadt wie kleine glühende Nadeln in die Gesichter stach.

Die Stadt bedeckte sich mit Sand, und kleine Miniaturdünen versuchten die großen nachzuahmen, indem sie in Windrichtung zerzauste Bergkämme bildeten.

»Nicht mal mehr ins Schwimmbad kann man sich flüchten«, sagte Miquette. »Ich war gerade im Sun, und da schwamm schon eine so dicke Sandschicht auf der Wasseroberfläche.«

»Das kenn ich gut, ich lebe seit zwei Jahren im Sand...«

Manu zündete sich gedankenlos eine Casa-Sports an, indem er das Streichholz mit der gewohnt hastigen Geste kurz anriß, und nahm schnell hintereinander zwei Züge.

Sie waren fast allein, verborgen im kühlen Schatten der amerikanischen Bar, und tranken eisgekühltes Bier unter dem erfrischenden Surren eines riesigen Deckenventilators, der die feinen blauen Dunstspiralen, die zu ihm aufstiegen, zerteilte.

Auf dem Plattenteller spielte Duke Ellington "At last".

»Wirklich nett von dir, daß du die zwei Kleinen zu dir nimmst«, sagte Manu. »Du hilfst mir damit echt aus der Klemme, ich wußte nicht, was ich mit ihnen tun sollte und ich wollte sie nicht im Stich lassen. Ihr Vater ist sicher tot und...«

»Mach dir keine Sorgen, Manu, ich nehm sie gern, bis du deine Sachen auf die Reihe gebracht hast...«

»Es macht mich völlig fertig, daß ich in diesem Land geboren bin, aber nicht mal mit zwei Kindern reden kann, weil ich die Landessprache nicht spreche! Ich bin ein geistig Behinderter, verstehst du... ein Behinderter!

Die müssen mich ja für einen Marsmenschen halten...«

»Ne, nur einfach für einen Franzosen. Frankreich ist für sie schon so weit weg, da brauchen sie sich keinen anderen Planeten vorstellen. Aber sei ganz unbesorgt, Manu, ich kümmere mich um die beiden, bis Gin...«

»Entschuldige, darf ich? Ich muß unbedingt anrufen!«

Der Barmann zeigte mit gleichgültiger Geste auf das Telefon. Er wählte die Nummer des Krankenhauses, um Neues von Gin zu hören, und mußte mit einem Dutzend Leute sprechen, bis er erfuhr, daß Gin in die Eukalyptus-Klinik verlegt worden war. Nein, man wußte die Nummer der Klinik nicht. Er legte wieder auf.

»Wer ist dieser Typ, dieser Georges? Kennst du ihn näher?« fragte er, während er sich wieder neben sie setzte.

»Ein Arschloch. Ein ausgemachtes Arschloch. Dazu strohdumm. Und stinkreich. Vielleicht geht das nur Frauen so, aber wenn der Typ aufkreuzt, fühl ich mich sofort unwohl. Er hat eine Art, dich anzumachen, die unerträglich ist. Ich hab ihm erst gestern abend wieder einen Korb gegeben, bei den Ettedguis. Nun ja, er grapscht nicht mehr als andere auch, und bei den Männern... du weißt, das ich kaum widerstehen kann... Aber bei ihm, nein, er hat irgendwas Verrücktes im Blick... Der Kerl muß völlig verkorkst sein.«

»Wie hast du ihn abgewimmelt?«

»Er wollte mir an den Hintern. Da hab ich zu ihm gesagt: Wenn du mich anrührst, mach ich Hackfleisch aus dir! Und ich schwör dir, daß ich ein Puzzle aus dem Arschloch gemacht hätte, wenn er mich angefaßt hätte. Seine Mutter würde Jahre brauchen, um ihn wieder zusammenzuflicken.«

Manu blieb aufs höchste gespannt.

»Komm, Manu... Es gibt keinen Grund zu denken, daß irgendetwas zwischen Gin und diesem Arschloch gewesen sein könnte...«

»Das ist es nicht.«

»Warum ziehst du dann ein Gesicht wie auf einer Beerdigung? Das sieht dir gar nicht gleich...«

»Weißt du, als ich zur Armee gegangen bin, war ich noch ein Junge, und ich bin als Erwachsener zurückgekommen, ohne es zu wollen.«

»Umso besser. Irgendwann muß man seine Jugend beerdigen.«

»Seine Jugend beerdigen? Vielleicht hast du recht, Miquette. Schau dich mal um: Was siehst du? Ruinen! Da draußen liegt die Stadt in der Agonie und hier drin siehst du mich tödlich getroffen! Das Land krepiert, und ich stinke danach!... Ich bin nicht nur erwachsen, ich bin schon ein Kadaver... Ach, was für eine Beerdigung! Trotzdem, ich schwör dir, ich mag die Araber. Ich versteh mich besser mit einem Mädchen aus dem Bouzbir als mit einer Frau aus der französischen Bourgeoisie. Die Araber dagegen hassen mich.«

»Das nicht gerade.«

»Aber das ist mir egal. An ihrer Stelle würde ich mich auch hassen, das ist normal... Aber was mir heute morgen passiert ist, habe ich wirklich nie gewollt. Nie.«

»Beruhige dich doch, es war nicht deine Schuld...«

»Noch nie habe ich den Tod von jemandem gewollt, und doch habe ich einen Menschen getötet.«

»Sprich nicht so laut«, meinte sie und legte zum Zeichen, die Stimme zu senken, den Finger auf den Mund.

»Jetzt, in diesem Augenblick, werden wegen mir Araber umgebracht, und ich bin schon dabei, das normal zu finden. In mir sagt eine Stimme, daß diese Schweinehunde Gin... Gewalt angetan haben. Das ist unerträglich, verstehst du? Ich bringe einen Mann um, den ich noch nie im Leben gesehen habe, und als Vergeltung werden die Araber massakriert, die ich doch mag, und du willst, daß ich weiterlebe?«

»Das ist nicht unsere Schuld, Manu. Nichts von allem, was da passiert, ist unsere Schuld.«

»Ich geh vor die Hunde, Miquette, ich krepier... ich sag's dir, ich bin schon ein Kadaver.«

»Für einen Kadaver hast du aber noch einen ganz schönen Ständer«, meinte sie und fuhr mit ihrer Hand zwischen seine Schenkel.

Ihre Augen strahlten, als sie seine Reaktion unter der Jeans spürte.

»Ein Kleinigkeit läßt dich wiederauferstehen.«

»Du hast recht, Miquette, du packst das Leben von der richtigen Seite an«, stimmte er mit einem Lächeln zu.

»Stimmt, im Leben bevorzuge ich entschieden diese Seite.«

Und mit zwei drängenden Fingern öffnete sie den Gürtel und machte sich an den Knöpfen zu schaffen.

Eine noch lautere Explosion, ganz nahe bei der Klinik. Gin öffnete die Augen. Gleißendes Licht ergoß sich ins Zimmer, lief das Pistaziengrün hoch, mit dem die Wände lackiert waren, hallte in blendenden Echos von der Decke wieder, zersprang auf dem weißen Email des Bettgestells und strömte in schmerzhaften Wellen bis in den tiefsten Winkel ihres Gehirns.

Sie erhob sich, fühlte sich in der Lage aufzustehen, sich auf den Bettrand zu setzen. Sie beließ es dabei. Das Zimmer drehte sich, das Bett schwankte.

Sie atmete tief ein, um das Schwindelgefühl zu bezwingen.

Ein spartanisches Waschbecken. Ein Spiegel. Ihn erreichen. Sich anschauen.

Sie ließ sich auf den Boden gleiten, spürte wie sich die Fliesen unter ihren nackten Füßen festigten, machte einige Schritte vorwärts und klammerte sich am Waschbecken fest.

Sie traute ihren Augen nicht, als sie das Bild sah, das ihr der Spiegel zurückwarf.

"Was ist mit mir passiert?" Sie fuhr sich mit einem prüfenden Finger über den dick angeschwollenen Bakkenknochen, folgte den blaugefärbten, blutunterlaufenen Augenringen. Mit beiden Händen strich sie ihr Haar nach hinten, um ihr Gesicht freizumachen. "Mein Gott! Was ist denn mit mir passiert?"

Wie um ihre Frage zu beantworten, ging die Tür auf, und eine Frau trat ein.

»Wie ich sehe, geht es Ihnen schon viel besser«, sagte sie.

Gin befeuchtete ihre Lippen, verlor etwas Speichel und schluckte, bevor sie eine Antwort geben konnte.

»Was ist mit mir passiert? Ich erinnere mich an nichts.«

»An nichts? Wirklich?«

»Ich erinnere mich an eine Party in Anfa, an ein Feuerwerk... dann hat man mich nach Hause gebracht... und ab da ist ein schwarzes Loch... Hatte ich einen Autounfall?«

»Nicht ganz.«

»Aber, diese Verletzungen...«

»Sie sind mit dem jungen Mann, der Sie nach Hause bringen wollte, überfallen worden. Von Terroristen.«

»Von Terroristen?«

»Erinnern Sie sich an den jungen Mann?«

»Ja. Georges.«

»Er ist mein Sohn. Ich bin Doktor Bellanger. Ihre Eltern haben Sie hierher überweisen lassen, weil wir heute morgen dachten, daß noch ein kleiner chirurgischer Eingriff notwendig wäre, nichts Ernstes, nur im Rahmen der plastischen Chirurgie, aber der Heilungsprozeß macht so gute Fortschritte, schneller als wir dachten... Sie haben Glück...«

»Überfallen?... Ich erinnere mich an nichts, aber da ist ein Bild, das mir immer wiederkommt... Es ist ein drekkiges Ungeheuer, oder eine schwarze Maschine, ich weiß es nicht... Es wirft sich auf mich...«

»Das ist nur ein Alptraum. Vergessen Sie es.«

»Vergessen? Auf keinen Fall. Ich will mich erinnern.«

»Sie haben einen schweren Schock erlitten, doch nach und nach wird Ihr Gedächtnis zurückkehren.«

»Sie wollen mich bloß beruhigen...«

»Nein. Wenn die Erinnerung wiederkommt, müssen Sie schwer aufpassen, denn das könnte noch schrecklicher sein. Denken Sie daran, daß Sie traumatisierende Erlebnisse hatten. Sich an sie zu erinnern heißt, sie neu zu durchleben...«

»Ich würde es lieber wissen.«

»Ohne Rücksicht darauf, daß Ihr Gedächtnis Ihnen üble Streiche spielen könnte...?«

»Wie das?«

»Sie wurden Opfer eines furchtbaren Überfalls. Damit Sie den Schock überleben konnten, hat Ihr Gedächtnis einen Teil ausgeschaltet, etwa so, wie eine Sicherung, die rausspringt, um eine Elektro-Installation zu schützen.«

Gin kehrte zu ihrem Bett zurück.

»Das versteh ich.«

»In die Gedächtnislücke wird nach und nach Ihr Unterbewußtsein eintreten und sie mit Ersatzbilder auffüllen... Diese Bilder können aus allem Möglichen zusammengesetzt sein, angefangen von Informationen aus der Außenwelt bis hin zu reinen Phantasmen...«

»Phantasmen?«

»Gesetzt den Fall, Sie würden zum Beispiel meinen Sohn lieben...«

»Das ist nicht der Fall.«

»Das ist ja auch nur ein Beispiel ... oder daß Sie sich, bewußt oder unbewußt, körperlich von ihm angezogen fühlten...«

»Ich schwöre Ihnen, daß...«

»Schwören sie nicht, ich sage Ihnen noch einmal, daß ich meinen Sohn anführe, wie ich auch jeden x-beliebigen anderen hätte anführen können... Ich will Ihnen einfach nur verständlich machen, daß Ihnen das Gedächtnis nach Belieben Streiche spielen kann, und daß Sie ihm besser keine Bedeutung beimessen... Stellen Sie sich vor, daß die bloße Tatsache, Georges mit einer möglichen Liebesgeschichte zwischen Ihnen in Verbindung gebracht zu haben, ihr Gedächtnis soweit beeinflussen kann, daß Sie, sollten Sie Ihre Erinnerung wiederfinden, sich plötzlich gewiß wären, daß sich tatsächlich etwas zwischen Ihnen abgespielt hat ... während in Wirklichkeit mein dummes Beispiel dafür verantwortlich wäre.«

»Wollen Sie damit sagen, daß, wenn ich meine Erinnerung wiedererlange, es nicht unbedingt eine wahre Erinnerung sein wird?«

»Genau das. Sie werden glauben, Ereignisse durchlebt

zu haben, die nur in Ihrer Vorstellung stattgefunden haben. Eine unter mehreren Möglichkeiten, den erlittenen Schrecken zu überleben und nicht noch mehr Teile Ihres Erinnerungsvermögens auszuschalten.«

»Ich werde also niemals die Wahrheit erfahren. Was Sie mir da sagen, ist schrecklich...«

»Aber nein, glauben Sie mir, Sie werden schnell vergessen, und die Medikamente, die ich Ihnen gebe, helfen Ihnen dabei.«

Sie stellte eine Untertasse mit schwarzen und gelben Kapseln auf die Emailablage.

»Jede Stunde eine Kapsel«, ordnete sie an. Dann verließ sie das Zimmer.

Eine junge Kankenschwester trat aus einem anderen Zimmer auf den Flur.

»Passen Sie auf, daß Nummer 19 jede Stunde ihre Kapsel nimmt«, sagte Doktor Bellanger zu ihr und zeigte auf Gins Zimmer. »Wecken Sie sie auf, falls es nötig ist.«

»Ist das nicht zuviel?«

»Tun Sie, was ich Ihnen sage!«

Unter ihrem offenen Kittel bildeten sich um ihren geliften Busen strahlenförmig straffe Falten auf der Seidenbluse.

13

Georges bremste. Zwanzig Meter weiter gab ihm ein Wächter Zeichen und deutete mit dem Ende seines Stocks auf einen freien Parkplatz. Unter seinen Reifen knirschte der Kies, als er sich zwischen zwei amerikanische Wagen schob.

»Missiöh Georges, Du haben eine Unfall gehabt?« fragte der alte Parkwächter und ließ den Steinbruch in seinem Mund sehen.

»Ja. Ein verdammter Araber, der völlig besoffen war, ist mir reingefahren, und ich bin mit dem Kopf gegen die Windschutzscheibe geprallt«, erklärte er und zeigte nacheinander auf den hinteren Kotflügel und seinen Verband.

»Allah haben Recht, Alkohol nix gutt fir uns andere...«

»Für euch ist überhaupt nichts gut. Araber sein wie die Fliggen, fressen Scheiß soviel sie kriggen«, parodierte Georges den Akzent des Wächters, der liebenswürdig dazu lächelte, wie nach einem gelungenen Scherz unter Freunden.

Eine alte Hexe von dunkler Hautfarbe und in einen Haufen blauer Fetzen gehüllt, die von einer unsicheren Spange über der Schulter zusammengehalten wurden, einer Schulter, deren Kochen sich fast durch die Haut bohrten, zog einen Arm hervor, der so abgezehrt wie der einer Inkamumie war, und streckte ihn Georges entgegen.

»Die Zukunft, die Zukunft!«

Der Wächter schwang seinen Stock, um sie wegzujagen.

»Laß sie, Ahmed«, sagte Georges und streckte seine Hand mit der Handfläche nach oben zu ihr hin.

Er wußte nicht, warum er seine Hand dieser Teufelserscheinung anvertraute, wo er doch noch nie wollte, daß man ihm aus der Hand liest, die Karten legt oder wie auch immer, mit Kristallkugel oder Kaffeesatz, seine Zukunft voraussagt. Als er das letzte Mal sein Horoskop in einer Frauenzeitschrift gelesen hatte, war er vor Wut grün angelaufen.

Eine unwillkürliche Bewegung zeigte seinen Widerwillen, als sich die beiden Hände der Mumie unter dem Rascheln ihrer Tücher seiner bemächtigte. Der Moschusduft, den die Alte verbreitete, war Übelkeit erregend.

Ein schwarzer Finger, dessen Knochen sich unter der Hülle der alten Haut abzeichneten, spazierte über seine offene Handfläche, und der Nagel glitt in die Höhlung der Handlinien wie die Nadel eines Tonabnehmers, die auf dem Grund der Rille nach den Tönen sucht.

Die Muskeln seiner Arme waren schmerzhaft gespannt.

Die Mumie hob den Kopf, ihre Pupillen irrten durch die Augenhöhlen, als käme sie aus einem Horrorfilm. Ihre Lippen bewegten sich, ohne daß ein Laut aus ihrer Kehle drang.

Georges zog seine Hand schnell zurück, nachdem sie sie zu seiner Erleichterung losgelassen hatte.

»Nun?« meinte er und machte Anstalten, eine Münze zu suchen.

Sie schüttelte den Kopf, um anzuzeigen, daß sie kein Geld wollte.

»Zuviel Feinde, in deiner Hand sind zuviel Feinde, die dir als Antwort auf deine böse Tat Böses antun wollen.«

»Was erzählst du da? Ich hab keine Feinde.«

»Vor Sonnenuntergang wirst du mindestens zweimal sterben, wenn dich nicht zuvor noch die Löwen fressen.«

»Alte Irre...«

Sie drehte sich schlagartig um. Ihre Tücher flatterten im sandigen Wind und sie verschwand.

»Missiöh Georges haben ihre Fiße gesehen?« flüsterte der Wächter erschrocken. »Sie haben Kamelfiße, ich schwören dir, Kamelfiße...«

»Und du? Hast du deinen Kopf gesehen?« erwiderte Georges ärgerlich. »Du hast einen Eselskopf.«

Georges lief die Treppe hinunter, die zwischen riesigen Gazanien, die die Dünen bedeckten, zum Sun-Beach führte, und schlug unverzüglich den Weg zur Bar ein, wobei er an der endlos langen Reihe der Umkleidekabinen vorbeikam, die sich entlang des Swimming-Pools hinzog.

»'n Tag, Missiöh Georges«, warf ihm der Barmann zu. »Heiß heute, was?«

»Ein Bier!«

»Französisches oder ausländisches?«

»Das am besten gekühlte.«

Viele Stammgäste hatten das Schwimmbad wegen der lästigen Hitze bereits wieder verlassen. Die übrigen gingen den brennenden Steinplatten oder dem überhitzten Fels aus dem Weg, suchten im Schatten der Schilfrohrschirme der Restaurantbar Schutz und saßen vor trügerischen Erfrischungsgetränken. Der heiße Wind, der über den Boden fegte, machte es unmöglich, sich hinzulegen, ohne sofort Sand in Haaren, Augen und zwischen den Zähnen zu haben.

An dieser Stelle der Küste war nicht die geringste Spur von den Bränden in der Stadt am Himmel zu sehen, und wenn das Wort "Ereignisse" in allen Gesprächen auftauchte, war es immer von weniger zurückhaltenden Ausdrücken wie "Repressionen", "Polizei", "Umlegen" und "verfluchte Rasse" begleitet.

Ein vielbeachteter Kunde gab am Tisch seine Ideen zum Besten, zum Beispiel, daß es genügen würde, die ganze Stadt wie das Sun-Beach für Juden und Ratten zu sperren, damit wieder Ruhe einkehrte.

Andere bezogen sich auf Beispiele aus anderen Ländern, die das Rassenproblem zu lösen wußten, ohne sich mit Erwägungen humanitärer Art zu belasten. "Man ist viel zu gutmütig zu ihnen!" Ein blonder Prachtkerl mit der Schnauze eines geistig Minderbemittelten, der geradewegs den Plakaten "Schützen Sie Ihr Vaterland – Kommen Sie zur Kolonialarmee" entsprungen war, bedauerte, daß die Nazis, die mit den Juden genau das Richtige anzustellen gewußt hätten, nicht nach Marokko gekommen waren, um das Land von diesen Drecksratten zu säubern. "Wie auch immer, die Araber sind die Eindringlinge! Sollen sie doch nach Hause gehen! Marokko gehört den Berbern, und die Berber sind die Freunde der Franzosen!"

Louise hatte mehr als genug von diesem Gerede. Sie entschuldigte sich und verließ den Tisch. Sie entschloß sich, zu José zu gehen, der jeden Nachmittag im Tonga Piano spielte, und ihm einen Kuß zu geben.

Um sich nicht zu verbrennen, lief sie auf Zehenspitzen bis zu einer Dusche unter freiem Himmel. Sie spülte sich ausgiebig ab und hob ihren Badeanzug mit dem Finger an, um das Wasser über den ganzen Körper laufen zu lassen.

Sie ließ ihre schwarzen Haare zwischen die Schulterblätter fallen und ging auf den Nachtclub am Nachbarstrand zu. Als sie die Eingangstür aufstieß, war sie bereits trocken.

Georges war ihr mit Blicken gefolgt.

"Mein Hintern hat alles, was er braucht", hatte sie ihm gesagt, die alte Schlampe.

Er blinzelte mit den Augen.

Es blieb beim Schwarz-Weiß.

Der Himmel war grau. Das Schwimmbecken reflektierte das Licht wie mattes Stahl. Schwarze Wellen mit Schaumfransen schlugen gegen die stumpfen Zinnfelsen.

Nach dem hellen Licht draußen brauchte Louise einige Sekunden, bevor sie die Umriße im Nachtclub erkennen konnte. José spielte "At last" auf dem Piano, auf diese ihm eigene Weise, die darin bestand, sparsam mit den Tasten umzugehen, indem er die Noten voneinander abgesetzt anschlug, um die Pausen widerhallen zu lassen. Mit dem Mund ahmte er zu seinem größtem Vergnügen die Trompete von Cootie Williams nach. *Uah Wah Wah Uaaaaa Wa*.

Louise ging in Richtung Musik. Sie durchquerte die

Garderobe, lief die Mahagonitheke entlang und näherte sich dem Orchesterpodium.

Der Club strahlte jene trostlose Atmosphäre aus, die tagsüber in Nachtclubs herrscht. Ohne die hervorhebenden Lichter der Spots sahen die Trommeln des Schlagzeugs wie alte, weggeworfene Hutschachteln aus, das Saxophon baumelte wie Plastikspielzeug an seinem Bügel und die Posaune, deren Züge es sich auf einem schlichten Holzstuhl bequem gemacht hatten, machte den Eindruck als wollte sie heulen.

José kam jeden Nachmittag, um auf dem Piano zu üben, das man ihm zur Verfügung gestellt hatte, weil er in Kürze das Claude Azéma Trio ersetzen würde, dessen Vertrag gerade ablief.

José hatte die Vierzig noch nicht überschritten, aber bei diesem Klima, das schlechtes Aussehen nicht gerade begünstigte, schien er zehn Jahre älter zu sein. Das Haschisch, der Scotch, die schwarzen Zigaretten und die wachen Nächte, das von den schlechten Rasuren strapazierte Gesicht, das schmierige Haar, die fettige Haut, das schmutzstarrende Hemd und die verdreckte Hose ließen ihn aussehen wie einen schlimmen Finger, der mit einem Öllappen aus der Autowerkstatt verbunden war. Sein überraschend sanfter Blick strahlte nichts als Charme aus.

Er hatte versprochen, sich einen neuen Anzug zu kaufen, doch aus unerfindlichen Gründen, angeblich hatte der Schneider wegen Urlaubs in Israel geschlossen, war er noch nicht dazu gekommen.

Er streckte den Kopf über das Klavier.

Hinter dem von seinen schlecht ausgedrückten Kippen überfüllten Aschenbecher lächelte er Louise an, die sich in ihrem schwarzen Badeanzug mit einem Hüftschwung näherte, der ein Symposium batavischer Homosexueller bekehrt hätte.

José richtete das Mikrophon aus, hustete leicht, um die klangliche Wirkung im leeren Raum zu testen, beugte sich über das Klavier und entlockte ihm einige hoffnungslos langsame Tonfolgen. Als sie ihn erreichte, begann er mit gebrochener Stimme zu singen, wobei er seinen Bauch zur Hilfe nahm, um das bißchen Atem auszuhauchen. Be-sa-me be-sa-me mu-cho Co-mo si fue-ra es-ta no-che la úl-ti-ma vez...

Louise küßte ihn auf die Schläfe. Be-sa-me- be-sa-me mu-cho Que ten-go mie-do per-der-te per-der-te despuès...

Sie drückte ihre kleinen Brüste gegen seinen gebeugten Rücken, schob ihre Arme unter die von José, kreuzte ihre Hände in liebevoller Umklammerung vor seiner Brust und sang mit ihm Pien-so que tal vez ma-ña-na yo es-ta-ré le-jos muy le-jos tú...

Über den Kopf von José hinweg bemerkte sie den langen Ferton, den kleinen Scooter und einen Typ, den sie kaum kannte, ein Kumpel von Manu. Sie hatten sich alle drei auf einer Bank niedergelassen. Sie zwinkerte ihnen freundschaftlich mit den Augen zu.

»Seid ihr gekommen, um seine Schnulzen zu hören?« fragte sie.

»Du glaubst doch nicht, daß wir da sind, um uns den Schmalz deines Boyfriends anzuhören«, antwortete Ferton und verzog angewidert das Gesicht. »Nein, meine Liebste, wir sind nur wegen der Klima-Anlage hier.«

»Du solltest lieber deine Schulden an mich zurückzahlen, anstatt dich auf Kosten meines Typs zu amüsieren!« erwiderte sie, ohne zu lächeln.

»Ich haße es, über Geld zu reden«, sagte Ferton und wendete sich Gonzalès zu: »Hast du Manu gesehen?«

»Nein, warum?«

Que ten-go mie-do...

»Weil er heute morgen etwas verloren hat, das ich ihm nur zu gern wiedergeben würde, nämlich das hier. (Er hatte Manus Colt hervorgeholt und streckte ihn in der offenen Hand den anderen hin.) Ich lauf nicht gern mit so Zeugs wie dem hier in meinem Anzug rum, es beult mir die Taschen aus.«

»Ist der geladen?« fragte Scooter.

»Sicher.«

»Verlier ihn bloß nicht«, sagte Gonzalès. »Besser, er

gerät nicht in irgendwelche Hände, hier laufen zuviel Verrückte auf freiem Fuß durch die Stadt.«

»Sag mal, du machst dich nicht schlecht in Zivil«, sagte Scooter und befummelte das Jackett aus Schantungseide, das Gonzalès trug. »Und deine Schlappen erst, das sind doch Manfields, oder? Junge, du scheinst dir ja einiges zu leisten.«

»Die Schlappen hab ich vererbt bekommen. Das erklär ich dir ein anderes Mal.«

»Junge, Junge, tolle Erbschaft.«

Louise gesellte sich zu ihnen.

»Hast du vielleicht 'ne Kippe für mich?« fragte Scooter, noch bevor sie sich gesetzt hatte.

»Bist du jetzt auch unter die Schnorrer gegangen?«

»Nun stell dich nicht so an, gib uns ein paar Kippen«, setzte Ferton noch eins drauf. »Du hast doch das einmalige Glück, Arbeit zu haben.«

»Du Hurensohn! Gegen ein Päckchen Luckys würdest du deine eigene Schwester an ein Bordell verkaufen.«

»Was redest du da! Du weißt doch genau, daß ich keine Luckys rauche.«

»Nur ist deine Schwester leider so ein Tölpel«, fuhr Louise immer lauter fort, »daß du kaum mehr als eine Kippe für sie kriegen würdest.«

»Ist sie nicht ein nettes Mädchen, unsere Louise, nur ein bißchen vulgär, findest du nicht?« wendete sich Scooter an Gonzalès.

»So sind doch alle Mädchen aus dem Maarif, eben echte *Jaicas*«, antwortete Gonzalès. »Eine Schwedin würde zweifellos nicht so zu Männern reden.«

»Sicher«, stimmte Scooter zu, »die Schwedinnen wissen sich Männern gegenüber zu benehmen.«

»Plappern weniger und vögeln mehr«, meinte Ferton.

»Einfach Klasse!«

»Na also, haut doch ab nach Schweden, Jungs! Dann kann man hier wieder frei atmen!« erwiderte Louise und erhob sich.

»Reg dich nicht auf, Louise, war doch bloß ein Scherz«, sagte Scooter, um sie zurückzuhalten.

»Nicht genug, daß mich so ein Idiot wie Bellanger in der Kneipe nervt, da müssen auch die Freunde noch mitmischen...«, schmollte sie.

»Wann war das, wann hat er dich...?« fragte Gonzalès, der hellhörig geworden war.

»Ach, es war nichts weiter... gestern nacht, zwischen drei und vier Uhr. Frag die beiden, sie waren auch da...«

Sie zeigte auf Ferton und Scooter, die zustimmend mit dem Kopf nickten.

»Also hat Shumacher Recht«, folgerte Gonzalès, »der Typ lügt von A bis Z. Uns hat er erzählt, er sei mit Gin auf einer Soirée gewesen, die er verlassen hätte, um sie heimzufahren, und unterwegs seien sie beide überfallen worden...«

»Ich hab schon immer gesagt, daß er ein falscher Fuffziger ist«, sagte Scooter.

»Ich versichere dir, es war schon drei Uhr vorbei, als er reinkam, um noch einen Happen zu essen«, bekräftigte Louise.

»Und er war in blendender Verfassung«, sagte Ferton.

»Ich erinnere mich gut, er hatte seinen Buick hinter meinem Roller geparkt, und ich hatte Angst, daß er ihn umfährt«, sagte Scooter.

»Gibt's hier ein Telefon?« fragte Gonzalès. José unterbrach sein Spiel und deutete auf einen Apparat am Ende des Saals.

Gonzalès stand auf und meinte noch im Gehen: »Hab leider auch keine Zigaretten mehr.«

»Ihr seid doch alle Hurensöhne«, sagte Louise. »Ich hab noch welche in meinem Bungalow im Sun drüben, ich hol sie gleich, ich muß mich sowieso anziehen.«

»Sieh mal einer an, einen eigenen Bungalow im Sun!« rief Scooter und pfiff bewundernd durch die Zähne. »Die nehmen heute aber auch jeden...«

»Ich hab Ihnen gesagt, daß ich Schwedin bin, du Blödmann!« warf sie ihm zu, bevor sie hinausging.

Gonzalès war bereits verschwunden.

Sie schritt über die Türschwelle, sah die Zigaretten auf einem Tischchen liegen, ließ die Träger ihres Badeanzugs über die Schultern gleiten, entledigte sich seiner mit einer graziösen Hüftbewegung und drehte sich zum Haken um, wo ihr Kleid hing.

Sie riß den Mund auf, um zu schreien.

Hände legten sich um ihren Hals und erstickten den Schrei in ihrer Kehle.

14

»Ich bitte Sie, kommen Sie mir nicht mehr mit dieser Geschichte... Das ist ein für allemal erledigt!«

»Gonzalès hat es mir soeben bestätigt. Es gibt einen Haufen Zeugen. Der Bellanger-Sohn hat nach der Vergewaltigung im Las Delicias einen Happen gegessen, zu dem Zeitpunkt war er also noch nicht überfallen worden. Folglich muß er später verprügelt worden sein... Und um drei Uhr nachts hatte er noch seinen Buick. Der Wagen wurde erst danach gestohlen!«

»Das ist mir scheißegal, Shumacher, wirklich scheißegal!«

»Hören Sie mir doch mal zu, Chef! Die Stadt ist in Blut und Feuer getaucht, weil ein Mädchen von uns von den Bikotten vergewaltigt worden ist. Aber was, wenn das nicht stimmt? Wenn sie vom Sohn der Bellanger vergewaltigt wurde?«

»Reden Sie keinen Blödsinn! Was haben Sie sich da in den Kopf gesetzt? Was wollen Sie denn? Wollen Sie, daß wir sagen, ein Franzose hätte das Mädchen vergewaltigt, und daß wir uns bei den Familien der Toten womöglich noch entschuldigen sollen? Wollen Sie, daß man uns für Dummköpfe hält? Also, was wollen Sie?«

»Ich bin ein Bulle und will meinen Job erledigen.«

»Der Job eines Bullens ist es zu gehorchen. Punkt Schluß.«

Der Kommissar ging zum Fenster, um es zu schließen. Der Chergui machte die Luft unerträglich. Er ließ die Jalousie runter, um für mehr Schatten zu sorgen.

»Wenn das so weitergeht, schmoren wir bald im eigenen Saft. (Er löste das Hemd von seiner Haut und blies sich in den offenen Kragen. Auch das brachte ihm keine Linderung.) Machen Sie die Sache nicht komplizierter als sie ist, damit haltenSie uns einen riesigen Berg Ärger vom Leib, nicht nur mir, auch sich selbst, glauben Sie mir.«

Das Telefon klickte trocken. Er wischte sich die Hand mit seinem durchweichten Taschentuch ab und griff nach dem Hörer.

Die Stimme am anderen Ende der Leitung war herzlich.

»Doktor Bellanger am Apparat.«

»Meine Verehrung, Madame. Womit kann ich Ihnen dienen?«

»Ich rufe Sie auf Anraten von Gouverneur Malatesta an, der mir nur das Beste über sie berichtet hat, Kommissar...«

»Zu liebenswürdig von ihm.«

»Aber ich bitte Sie! Nun, ich habe seit gut fünfzehn Jahren einen Angestellten in der Klinik als Nachtwache. Seit einiger Zeit stelle ich regelmäßig Diebstähle in der Klinik fest. Nach und nach bin ich dazu gekommen, Bouchaïb zu verdächtigen...«

»Sie hätten mir schon früher Bescheid geben sollen.«

Er forderte den Inspektor mit einer Handbewegung auf, den zweiten Hörer zu nehmen.

»Ich wollte Sie nicht bemühen, bevor ich mir meiner Sache nicht sicher war. Jetzt bin ich es. Heute nacht mußte ich ganz unvorhergesehen in die Klinik, um meinen eigenen Sohn zu verarzten, der unter den abscheulichen Umständen verletzt wurde, die Ihnen bekannt sind. Dabei ergab es sich, daß ich den Schrank mit den Betäubungsmitteln überprüfte. Es fehlte Morphium.«

»Das ist eine äußerst ernste Angelegenheit.«

»Dabei befand es sich am Abend zuvor noch in dem Schrank. Und da Bouchaïb die einzige Nachtwache ist...«

»Wie heißt Ihre Nachtwache richtig?«

»Bouchaïb Ikken. Mit zwei K's.«

»Ikken, Ikken... (Er wendete sich dem Inspektor zu.) War das nicht der Dieb des Buicks? Ja, des Buicks von Herrn Bellanger? Hieß der nicht auch Ikken?«

»Ganz genau, Ikken, mit zwei K's«, bestätigte Shumacher.

»Haben Sie seine Adresse?« fragte der Kommissar die

Ärztin.

»Rue des Figuiers, Nummer 248, im Derb Chitane, an der Straße nach Azemmour. Aber machen Sie sich keine unnötigen Mühen, Herr Kommissar. Bouchaïb kommt heute abend wieder zur Nachtwache. Um zwanzig Uhr.«

»Ich würde doch lieber gleich eine Hausdurchsuchung vornehmen lassen und ihn festnehmen, bevor er seine Ware absetzen kann. Morphium, soso... Ich versichere Ihnen, daß ich mich sofort um diesen Burschen kümmern werde. Der Vorfall muß dringend aufgeklärt werden.«

»Vielen Dank, Kommissar. Der Gouverneur hat mir bereits versichert, daß Sie trotz der vielen Ereignisse ausgezeichnete Arbeit leisten!«

»Das ist nicht außergewöhnlich bei uns, Madame. Es genügt, doppelt soviel wie sonst zu arbeiten.«

»Wenn sich die Situation beruhigt hat, hoffe ich, Sie einmal zum Diner bei uns empfangen zu dürfen. Ich sage Ihnen dann Bescheid...«

»Oh! Ich danke Ihnen vielmals, Madame. Sie können sich ganz auf mich verlassen.«

Freudestrahlend legte er den Hörer auf.

»Shumacher!«

»Chef?«

»Nehmen Sie zwei Wagen und fahren Sie zu dieser Adresse ins Derb Chitane.«

Er hielt ihm den Zettel hin, auf den er die Adresse des Krankenpflegers gekritzelt hatte.

»Verhaften Sie diesen Ikken und nehmen Sie seine Baracke auseinander. Er hat heute Nacht Morphium gestohlen, aber Sie stolpern bei ihm möglicherweise über ein ganzes Lager an Medikamenten und andere Krankenhausutensilien. Dieser Dreckskerl treibt mit dem Zeug offenbar einen schwunghaften Handel...«

»Glauben Sie, daß dieser Ikken etwas mit dem anderen zu tun hat ... mit dem, der versucht hat zu fliehen?«

»Keine Ahnung, aber Ikken ist nicht gerade ein geläufiger Name bei den Ratten... Also los.«

»Sofort? Aber uns fehlen Leute!«

»Ziehen Sie ein paar Männer von der Demonstration

ab. Um auf die Bikos zu schießen, brauchen sie nicht soviel.«

»Zu Befehl, Chef!«

Shumacher machte kehrt, als Guglielmi ihm noch sagte:

»Shumacher! Zum letzten Mal: Stellen Sie keine Dummheiten an, verstanden? Vergessen Sie nicht, daß Sie die einmalige Gelegenheit haben, den Blödsinn mit dem Bellanger-Sohn vergessen zu machen. Eines Tages müssen Sie mir sagen, was Sie gegen ihn haben... Muß wohl was Persönliches sein?«

Shumacher antwortete nicht, sondern ging hinaus.

»So ein Dickkopf!« brummte der Kommissar vor sich hin, während er sich den Schweiß abwischte. »Ein guter Bulle, aber ein verdammter Dickkopf...«

15

Mein Gott, mir zu sagen, mein Hintern hätte alles, was er braucht, ausgerechnet mir, als ob ich diesen Blödsinn glauben würde, sie glaubt doch nicht ernsthaft, nur weil sie mit diesem Pianisten schläft, der halb süchtig und auch sonst übel beieinander ist, daß ich das schlucke, daß sie nicht mit mir ficken will, oder Liebe machen, Liiiebe machen, wie sie mit ihrer Stimme einer läufigen Katze schnurrt, sie sind eben alle gleich, ist doch wahr, siehe Gin, war dasselbe mit ihr, sie wollte nicht, und dennoch, nachdem ich es ihr einmal gegeben hab, sag ich mir, sind doch alles Nutten, diese Fräulein Soundsos mit einem Loch vorn, einem Loch hinten und kalten Füßen, die Füße erkalten am schnellsten, das macht mich total verrückt, wenn sie versuchen, unberührt zu bleiben, das ist schlimmer, als wenn ich Flöhe hätte, und dann ihre Schreie, diese Schreie, warum schreien sie bloß, ich hasse Schreie, ich muß sie zum Schweigen bringen, und sie wehren sich, wenn sie mein Ding spüren, wenn mein Gewicht sie niederdrückt, und wie sie sich wehren, und keuchen, Herrgottnochmal, dabei will ich doch nur, daß sie aufhören sich so zu bewegen, also laß ich ein bißchen Luft dazwischen, gerade soviel, wie nötig, stimmt, Louise hat wirklich einen tollen Arsch, und genau da, in dem kleinen Winkel, ja mein Gott, warum bewegt sie sich denn nicht mehr, was ist bloß in meinem Kopf los, was läuft vor meinen Augen ab, daß mir diese Sache immer öfter passiert, Mama hat recht, ich sollte mal zum Arzt gehen, sonst wird es noch übel enden, und die Füße sind schon kalt, die Füße werden immer zuerst kalt, warum bewegt sie sich nicht mehr, los, beweg dich, sie hätte mir nicht sagen sollen, daß sie alles hat, was ihr Hintern braucht, das erregt jeden normalen Mann, Mama hat gesagt, daß ich ganz normal bin, nur krank, ich will keinen Arzt, sondern ich will Gin oder Louise oder Miquette, all diese Nutten, die mich nicht wollen, sind auch bloß Fräulein Soundsos mit einem Loch vorn und einem Loch hinten, warum wolltest du schreien, Louise, beweg dich, Louise, verdammt nochmal, Louise, beweg dich doch.

Ferton blieb wie angewurzelt stehen, nachdem er die Tür aufgestoßen hatte. Seine Hand ließ die Klinke nicht los, als sei sie bereit, sich zu entschuldigen, indem sie die Tür wieder ranziehen würde. Seine Augen weigerten sich wahrzunehmen, was sie sahen.

Beweg dich, los beweg dich, zeig ihm, daß du lebst, sag was, Louise, beweg dich, Herrgott nochmal.

Ferton unternahm eine ungeheure Anstrengung, um sich aus seiner Erstarrung zu lösen, doch der heiße Draht zwischen Gehirn und Beinen blieb unterbrochen, und der Kopf konnte noch so sehr seine Befehle durch die Direktleitung jagen, die Gliedmaßen blieben taub.

Er starrte auf die Schachtel Craven neben Louis und begriff allmählich, warum sie damit nicht zurückgekommen war.

Er dachte daran, daß er eine Zigarette rauchen wollte. Jetzt hätte es genügt, die Hand auszustrecken, um eine zu nehmen. Doch weder seine Arme noch seine Beine rührten sich. Er entschuldigte sie mit der Überlegung, daß er keine Streichhölzer bei sich hatte.

Georges sprang auf ihn drauf.

Zwei brutale Pranken packten ihn am Kragen und schleuderten ihn ins Innere des Bungalows. Dabei stellte ihm Georges noch ein Bein, sodaß er die Nase voraus nach vorne flog. Er wirbelte beide Arme wie eine Windmühle durch die Luft, um nicht hart auf dem Zementboden aufzuschlagen, und blieb an Louise hängen.

Die nackte Leiche schlang sich zu einem letzten Tango um ihn herum und folgte ihm auf seinem Sturzflug. Eine Sekunde lang starrte sie ihn mit ihren weitaufgerissenen Glaskugelaugen an, bevor ihr Kopf auf seine Schulter flog und ihn in einem Meer schwarzer Haare ertränkte.

Georges ergriff den Haarschopf mit einer Hand und zog die Leiche zu sich hoch, um an Ferton ranzukommen.

Louise war ungewöhnlich schwer. Er streckte seinen Arm aus, um ihre Hand zu fassen, als ob er ihr nur beim Aufstehen helfen wollte.

Los, komm Louise, beweg dich, beweg deinen Arsch, verdammt nochmal, stell dich nicht tot, du bist die beste Boogie-Tänzerin, das weiß doch jeder, zeig mir, wie gut du zwischen den Beinen durchschlüpfen, über die Schulter wirbeln kannst, zeig's mir Louise, beweg dich doch endlich, damit ich diesen Scheißkerl erwürgen kann.

Er riß sie mit einer Bewegung hoch. Steif wie ein Brett kam sie ihm entgegen. Er verlor sein Gleichgewicht und ließ sie wieder los.

Louises Kopf fiel vornüber vor ihre beiden Brüste, die Arme schlenkerten, die Knie knickten ein, die Leiche kippte nach vorn und begrub den am Boden liegenden Ferton unter sich.

Er stützte sich auf einen Ellbogen, um wieder aufzustehen. Den anderen Arm streckte er in Richtung Georges aus. Die Faust umschloß ein großes schwarzes Eisen, der Finger krallte sich zitternd um den Abzug.

16

Die zwei Autos rasten mitten durchs Araberviertel über den schlechten Straßenbelag nach Mediouna. Von wegen Mannschaftswagen, alles, was Shumacher zur Verfügung hatte, waren zwei speziell für die Polizei umgerüstete 4 CV. Einzige Besonderheit: ihre rundum weit ausgeschnittenen Wagenfenster, die es ermöglichten, Kopf und Arme während der Fahrt aus dem Fahrzeug zu strecken und zu schießen.

Shumacher beugte sich aus dem Wagenschlag und gab dem folgenden Auto das Zeichen anzuhalten. Ein dicker amerikanischer Schlitten aus einer Modellreihe, die zu neu war, als daß er einem Marokkaner hätte gehören können, brannte noch. Mit der Waffe im Anschlag sprang er aus dem 4 CV. Weder vom Fahrer noch von eventuellen Fahrgästen war die geringste Spur zu sehen.

Ein enormer Stein, der von wer weiß woher geflogen kam, durchschlug die Windschutzscheibe des Wagens, den er soeben verlassen hatte.

Das Lenkrad in den Händen des jungen Wachtmeisters Jean-Claude da Silva brach auseinander, und der Stein fiel inmitten eines blitzenden Hagelschauers aus zertrümmertem Glas auf seine Knie. Sein Kopf war mit einem Mal leer, seine Hände hielten noch immer das nicht mehr vorhandene Lenkrad, er stierte auf seinen Chef, der im Rahmen der Windschutzscheibe auftauchte, um sich wie bei einer Bildstörung in Verschwommenheit aufzulösen.

Er wußte gar nicht, wie schnell man sterben konnte.

Shumacher platzte vor Wut und feuerte auf einen Schatten, der sich, wie er glaubte, bewegt hatte.

"Uns schickt man an die Front, und warum? Damit dieser schweißtriefende Fettsack von Guglielmi mit der Hure vom Zivilgouverneur Hummer fressen kann."

Das Bild seines vollgefressenen Chefs wurde ihm

unerträglich.

Das Leben hatte sich sofort hinter den Mauern verschanzt, die unter den Einschlägen der Kugeln, die die automatischen Waffen ausspuckten, Staubwölkchen rülpsten.

Er bestimmte schnell vier Männer, die bei dem unbrauchbaren Fahrzeug bleiben und auf ihren getöteten Kollegen aufpassen sollten. Mit einer Handbewegung zeigte er ihnen, wo sie in Deckung gehen sollten.

Er machte sich Vorwürfe, in eine so plumpe Falle gelaufen zu sein.

"Diese verdammte Kannibalenkolonie frißt ihre eigenen Kinder auf, führt ein offizielles Festmahl für sie durch, drapiert ihre Särge mit dem Tischtuch der Trikolore, lädt einen Bischof in Goldbrokat dazu ein, der das Tischgebet spricht, Gott segne diese Mahlzeit und alle, die sie zubereitet haben, und stopft sie mit unverdaulichen und posthumen Medaillen voll."

Er verfrachtete die zwei übrigen Männer in den anderen Wagen, übernahm selbst das Steuer und trat wütend auf das Gaspedal. Er fluchte auf die auf den Hund gekommene Verwaltung, die nur diese zwei Stadtautos rausrückte, die nicht mal Funkverbindung hatten.

Er wünschte der ganzen Welt den Riesenschiß, den er hatte.

Die mageren Laternenpfähle wurden auf dem Boden wie Giacomettis Skulpturen zu zitternden Schatten verlängert. Auf blendenden Werbeplakaten löschten verheissungsvolle Pin-up-Girls ihren Durst. Die Fassaden der Geschäfte, Cafés und Hotels blinkten in wechselnden Neonfarben, deren Licht durch den Sand in der Luft noch mehr flimmerte. Die normalerweise sehr belebte Strandpromenade glich einem bunten Band im Staub, lag trist da wie eine einsame Papierschlange am Tag nach einem großen Fest.

Georges kam kaum voran. Er sah schlecht und trauerte seiner Sonnenbrille nach, die er im Handschuhfach des Buicks vergessen oder bei Louise verloren hatte. Er konnte sich noch so sehr anstrengen, er erinnerte sich nicht mehr.

"Wenn ich sie im Bungalow verloren hab, sag ich einfach, ich hätte sie Ferton geliehen, oder noch besser, er hätte sie mir geklaut."

Er drückte die schwere Tür des Calypso auf. Die Brasserie war fast leer.

»Guten Tag, Georges«, begrüßte ihn der Barmann, der aus der Auvergne stammte. »Ein Wind heute, was? Der hat uns gerade noch gefehlt! Und das an einem Feiertag, an dem sowieso weniger los ist als an einem Werktag. Was nehmen Sie?«

»Ein Bier.«

»Stork oder Flag?«

»Mir egal. Was kühler ist.«

»Sind beide eisgekühlt. Ich gebe Ihnen ein Flag, denn es ist das teuerste, und solange der Gast nichts dagegen hat, muß man ans Geschäft denken, besonders an einem Tag wie heute.«

»Kann ich mal telefonieren?«

»Selbstverständlich, Georges«, meinte der Auvergner, holte den Apparat unter der Theke hervor und stellte ihn auf den Tresen.

»Haben Sie auch ein Telefonbuch?«

»Sollte es noch Mädchen in Casa geben, deren Telefonnummer Sie nicht auswendig können?«

Mit einem Augenzwinkern reichte er ihm das Telefonbuch rüber.

"Perez, Perez, Perez, Perez, verdammt nochmal, wieviel Perez' gibt's denn in diesem Scheiß-Telefonbuch? Mindestens drei Seiten... Na, da ist sie ja. Perez Michèle. Villa Omar Khayyam. Rue des Dunes. Aïn-Diab. 60530."

Das Klingelzeichen ertönte dreimal, bevor am anderen Ende der Leitung abghoben wurde.

»Ja, hallo?«

Er erkannte die Stimme Miquettes wieder.

»Hallo?«

Ich brauche höchstens zehn Minuten zu Fuß, um zu

ihr zu kommen, dachte Georges.

»Hallo, wer ist da?« fragte die Stimme etwas lauter nach.

Georges legte wieder auf.

»War wohl nicht die richtige Nummer?« wollte der Barmann wissen.

»Niemand da anscheinend.«

»Wird auch immer schwieriger, in dieser hektischen Zeit, ein Mädchen zu finden, das noch zu Hause bleibt. Haben Sie Charly Gaul gesehen?«

»Kenn ich nicht. Wer ist das?«

»Ein Luxemburger. Er hat die Etappe nach Galibier mit fünfzehn Minuten Vorsprung vor Bobet gewonnen.«

»Ehrlich gesagt...«

»Wo wir gerade beim Radrennen sind, erinnern Sie sich an Kebaili?«

»Muß ich mich daran erinnern?«

»Ein Radrennfahrer.«

»Radrennen sind mir piepegal. Erzählen Sie mir lieber was vom Boxen...«

»Er ist in Algerien verhaftet worden. Scheint ein Terrorist zu sein...«

»Sehen Sie, hab ich doch recht, wenn ich keine Radrennen mag. Wieviel bin ich Ihnen schuldig?« fragte er und reichte ihm einen Geldschein, der mit Tesa geflickt war.

»Alles hat man ihnen beigebracht, sogar den Sport, der das Schönste am Menschen ist, und dafür verraten uns die Schweinehunde... sogar die Sportler...«

Traurig über soviel Undankbarkeit schüttelte der Auvergner den Kopf.

Georges stand wieder auf der Straße.

Er lief in Richtung Rue des Dunes los.

Graue, gelbe und ockerfarbene Fasern lösten sich vom siedendheißen Himmel und verfingen sich in den staubigen Kakteen entlang der ungepflasterten Wege.

Der Schirokko wirbelte Staubwolken unter ihren

Schritten auf. Sie spielten mit den großen Metallkastagnetten, die am Ende ihrer Arme schwangen, und sprangen im Takt auf der Stelle hoch. Ihr Tanz war sehr einfach und wurde auch durch das plötzliche Einknicken der Knie zwischen den Sprüngen auf der Stelle kaum komplizierter. Die Füße verließen den Boden praktisch nicht. In regelmäßigen Abständen drehten sie sich in Höchstgeschwindigkeit einmal um sich selbst, sodaß ihre Gandouras flatterten.

Schwarz wie Dämonen tauchten Gnaouas aus der Hölle auf, ohne sich das Gesicht gewaschen zu haben. Von der Ekstase oder vom Drehwurm übermannt, ließen sie sich schwer auf den Boden fallen, während sich andere Erleuchtete, die in die Betäubung gefallen waren, sich Übungen hingaben, die denen von Schaustellern auf Jahrmärkten glichen. Je nachdem, ob sie zum Clan der Kamele, Hunde, Schakale oder Löwen gehörten, gaben sie, vom Haschisch erregt und von Benzoedüften umnebelt, zum Klang der Trommeln und Kastagnetten die Karikatur der Tiere ab, die sie verkörperten. Die angeblichen Kamele fraßen ohne Rücksicht auf das Blut, das ihnen aus dem Mund lief, Kaktusblätter, die Hunde bellten wie verrückt und hoben ihre Hinterpfoten am Fuß der falschen Pfeffersträucher, die Löwen erschreckten die Kinder mit Grimassen und einem Gebrüll, bei dem das Maskottchen von Metro-Goldwyn-Mayer sich vor Lachen bepißt hätte.

Die Sonne flimmerte im Staub und war eine Qual für die brennenden Augen.

Eine Maschinengewehrsalve überdeckte die Musik der Besessenheit, weitere Schüsse folgten.

Hocine unterbrach seine Jo-Jo-Bewegungen um hinzuhören. Als die Maschinengewehre schwiegen, nahm er seine Bewegungen mit dem Kopf wieder auf und ließ sein geflochtenes Haar herumwirbeln, den Zopf, den Allah im Moment seines Todes ergreifen würde, um ihn ins Paradies der Gläubigen hochzuziehen. In seinen Augen leuchtete ein ekstatisches Feuer. Um ihn herum schüttelten heulende Frauen ihr Haar wild durch die Luft.

In der Mitte der Horde trottete ein auf dem Rücken rot angemalter Schafsbock, der eine Kaurikette um den Hals trug und um dessen Hörner man gelbe Seidentücher geschlungen hatte, teilnahmslos seiner Opferung entgegen.

Gegen Abend würden sich die jungen Löwen auf ihn stürzen, um ihn mit ihren Zähnen und Nägeln zu zerreissen, und roh zu verschlingen.

Bouchaïb wusch sich die Hände und schüttelte sie, ohne sich die Mühe zu machen, sie abzutrocknen. Er schaute den alten Mann und das Kind an, die man gerade zu ihm gebracht hatte.

Dem Kind war nicht mehr zu helfen gewesen.

Der alte Vater hatte Frakturen in beiden Beinen und etliche Rippen gebrochen. Das Gesicht war entstellt. Der Backenknochen war von einem Knüppel zertrümmert worden, das linke Auge mit Sicherheit verloren.

»Wie heißt du?« fragte Bouchaïb, während er eine Spritze aufzog.

Der Mann bewegte einen kurz über dem Handgelenk gebrochenen Arm und brachte müsahm hervor:

»Tahar Ould Si Mohamed. Mein Sohn?«

Bouchaïb antwortete nicht. Er zog den Ärmel des groben Militärkittels hoch und suchte auf dem ausgezehrten Unterarm nach der Vene.

»Mein Sohn?« wiederholte der Alte.

»Allah k'bar«, gab Bouchaïb von sich und spritzte das Morphium ins Blut.

Der alte Goumsoldat schloß sein Auge, um eine Träne zu verbergen, die er am Rand des Lids zittern fühlte.

Als er es wieder öffnete, war das Auge trocken.

Mit der Hand seines unverletzten Arms fuhr er an der Seite seines alten Soldatenmantels bis zur Brust hoch, wo sie auf die Auszeichnung stieß. Er löste die Nadel. Die Medaille glitt an ihm herunter.

Als sie auf den gestampften Erdboden fiel, machte es nur leise pfoff.

Die Tür explodierte unter einem gewaltigen Schlag und Tahar Ould Si Mohamed zuckte bei jeder Kugel, die in sein Fleisch drang.

Aber das Morphium hatte seine Wirkung schon entfaltet. Er spürte nichts mehr.

Bouchaïb versuchte nicht zu entkommen. Eine Kugel hatte seine Schulter zersplittert.

»Vorwärts, los!« sagte Shumacher, der den Lauf seiner noch rauchenden Waffe auf Bouchaïb richtete.

Der Buick machte einen großen Bogen um die Glassplitter, die ein umgestürzter Bus über die Fahrbahn verstreut hatte.

Ferton ließ per Knopfdruck die Scheiben wieder hochsurren, um sich vor Sand und Tränengas zu schützen.

Er warf einen Blick in den Rückspiegel, der ihm in 70mm Breitleinwand das Bild eines gealterten Jugendlichen vor einem schwankenden, apokalyptischen Hintergrund zurückwarf.

Zwei Köpfe über einem Roller tauchten im Spiegel auf, glitten am Bus vorbei, fuhren fast zwanzig Meter im Zickzack und blieben quer zum Boulevard stehen.

Trotz der Seidentücher, hinter denen sie ihre Gesichter versteckt hatten, um sich vor dem Tränengas zu schützen, erkannte Ferton die beiden Rollerfahrer. Er wendete den dicken Schlitten, nahm das Trottoir zu Hilfe und hielt vor dem Roller, dessen Vorderreifen platt war. Die Glassplitter wahrscheinlich.

»Was machst denn du in Georges' Schlitten?« empfing ihn Scooter, nachdem er die improvisierte Maske abgenommen hatte. »Wir glaubten schon, er sei es...«

Ferton antwortete ihm nicht. Er ließ die Scheibe runter, streckte einen Colt durch das Türfenster und sagte zu Manu:

»Ich hab dich gesucht. Du hast das hier heute morgen fallen lassen.«

»Behalt ihn. Ich will ihn nicht mehr.«

»Stell dich nicht so dumm an, nimm ihn!«

»Brauchst ihn doch nur verkaufen«, sagte Manu. »Die ganze Stadt rüstet auf, du wirst ohne Probleme einen guten Preis dafür kriegen.«

»Hätte ich schon gemacht, wenn dieser Revolver nicht schon benutzt... Nimm ihn und sieh selbst zu, wie du ihn los wirst.«

Ohne sie anzuschauen, steckte Manu die Waffe in die Tasche und fragte:

»Kannst du mich zu Miquette rausfahren?«

»Steig ein.«

»Ich halte dich doch von nichts ab, oder?«

»Wenn ich es dir sage!«

»Und ich? Mich laßt ihr hier stehen?« meldete sich Scooter empört zu Wort. »Schämt ihr euch nicht?«

»Trotzdem helfen wir dir nicht, deinen Reifen zu flikken. Man wird zu schnell dreckig dabei«, sagte Ferton.

»Ihr seid mir ja schöne Freunde!«

»Komm, das hast du doch in zwei Minuten geschafft.«

»Drückeberger!« brüllte Scooter ihnen noch hinterher, als sie davonfuhren.

Er zog sein Bankräuber-Halstuch wieder über die Nase, legte seine Maschine flach und begann, den Reifen zu flicken.

Im Buick fragte Manu, während er den Zigarettenanzünder suchte: »Wie hast du's geschafft, das Auto von Georges zu kriegen?«

»Nerv mich nicht... Ich hab's, das reicht.«

»Hast du's ihm geklaut?«

»Für wen hältst du mich?«

»Was dann?«

»Du stellst zuviel Fragen. Ich hab's. Schluß, fertig.«

»Du willst mir doch nicht weismachen, daß du es gekauft hast?«

»Ganz genau. Ich hab's gekauft. Cash.«

»Ferton, erzähl mir doch keinen solchen Käse. Du hast in deinem ganzen Leben noch nichts gekauft, nicht mal die Goldbrücke, die du im Mund hast... Ich kenn einen Zahnarzt, der sie zurückhaben will.«

»Jetzt reicht's. Hör auf mit dem Geschwätz! Stimmt ja,

daß ein Zahnarzt hinter mir her ist, aber nicht, weil ich ihm die Brücke nicht bezahlt habe, sondern weil ich seine Mutter gevögelt habe.«

»Sag mir endlich, was du am Steuer dieses Wagens machst!«

»Reg dich nicht auf. Gib mir lieber 'ne Kippe.«

Manu holte eine Schachtel Casa-Sports hervor und klopfte ein paar Mal in die Luft, um eine Zigarette rausrutschen zu lassen.

»Nun?«

Ferton fuhr langsam auf den Parkplatz einer Aussichtsterrasse voller Queckengräser. Der Kühlergrill schob sich vor, bis er über der Leere des Abhangs hing. Vor ihnen stürzte der Hügel von Anfa in Kaskaden bis zur Küstenstraße. Tief unten kreuzten gelbe Caterpillars durch den Staub, legten Aloen und Rizinusbäume auf den Schotter. Sie walzten gerade einen Douar platt.

»Nun?« wiederholte Manu.

»Du kannst dir nicht vorstellen, was für ein mieses Schwein ich bin.«

»Doch, ich weiß.«

»Nein, du kannst es gar nicht wissen.«

»Doch, ich schwör's dir.«

»Hör zu. Ich bin verdorben, verdorben bis ins innerste Mark, ich bin mir nicht mal sicher, ob ich überhaupt noch Mark habe.«

»Manu schaute ihm tief in die Augen.«

»Was hast du angestellt? Rück schon raus damit.«

»Nichts. Ich hab nichts gemacht, wie ich nie etwas gemacht habe, weder was Gutes noch was Böses. Weder heute noch gestern, noch sonst wann. Man kann von mir sagen, was man will, die Wahrheit ist, daß ich mir alle erdenkliche Mühe gegeben habe, nichts zu tun. Ich hab mir gesagt, je weniger du tust, desto weniger wird man es dir vorwerfen. Doch es gibt Tage, da geht selbst das über meine Kräfte... Heute zum Beispiel.«

»Wenn du Mist gebaut hast, dann sag's endlich.«

Ferton drehte sich zu ihm hin.

»Hör zu, Manu, es war Georges, der Gin das angetan hat.«

»Woher weißt du das?« schreckte Manu hoch.

»Dein Kumpel Gonzalès, der Bulle, kam vorhin im Sun vorbei, um José zu hören, und aus purem Zufall sprachen wir über Bellanger.«

»Und?«

»Scooter, Louise und ich erzählten ihm, daß Georges heute nacht ins Las Delicias kam... und das paßte gar nicht, aber nicht im geringsten, zu dem, was er den Bullen gesagt hatte.«

»Ich muß unbedingt Gonzalès treffen... Ich muß Klarheit kriegen. Aber wenn es wirklich dieser Hurensohn war, der meine Gin angefaßt hat, dann bin ich echt froh, daß du mir meine Knarre zurückgegeben hast...«

Manu zündete sich nervös die nächste Zigarette an, ohne den Anzünder zu nehmen. Er schützte die Flamme mit beiden Händen, nahm zwei ungeduldige Züge und schüttelte das Streichholz noch lange, nachdem es ausgegangen war.

Er suchte nach dem Autoradio, um es anzustellen, doch an seinem Platz befand sich nur noch eine klaffende Lücke im Armaturenbrett.

»Wie kommt es, daß in diesem Luxusschlitten kein Radio mehr ist?«

»Naja, also... ich hab's verkauft.«

»So schnell!«

»Ein Typ, den ich kannte... Ist mir über'n Weg gelaufen. Ich hab ihm das Radio und den Ersatzreifen verkauft.«

»Schämst du dich nicht?«

»Nein, eigentlich nicht... schließlich bin ich ja der Dumme, wenn mir ein Reifen platzt.«

»Kannst du mir dann mal sagen, wieso du ein mieses Schwein bist?« bohrte Manu weiter.

»Mit der ganzen Sache hab' ich nichts zu tun.«

»Willst du mich verarschen? Du löst dich in Tränen auf über die Qualität deines Knochenmarks und jetzt...«

»Ah, mach mich nicht so an. Es ist schlimmer als du es dir je träumen lassen würdest.«

Manu verbarg seine Ungeduld nicht.
»Was geht dir bloß im Kopf rum? Spuck's endlich aus!«
»Georges hat nicht nur mit Gin Scheiße gebaut. Er hat auch Louise getötet«, preßte Ferton heraus.
»Louise?«
»Du mußt sie gekannt haben, bevor du zur Armee gegangen bist, hübsch, zierlich, eine wunderbare Figur, und sie konnte irre gut Bop tanzen. Sie war zu ihrem Bungalow Zigaretten holen gegangen, doch nach einer halben Stunde war sie noch immer nicht zurückgekommen. Uns hing wirklich die Zunge zum Hals raus... wir brauchten dringend was zu paffen. Also hab ich gesagt, ich schau mal nach ihr... Ich ging... Ich betrat den Bungalow... Sie war tot.«
Manu sagte nichts mehr. Er ließ Ferton, ohne ihn zu unterbrechen, seine Geschichte erzählen.
»Sie lag nackt da, die Beine auseinander, und dann war da noch Georges, der sich gerade die Hose wieder zuknöpfte...«
»Weiter, bitte!«
Ferton drehte den Kopf weg, als ob er sich verstecken müßte, um weiterreden zu können. Er schämte sich.
»Er fiel über mich her und hätte mich fast erwürgt, dieses Dreckschwein! Aber zum Glück hatte ich deine Knarre...«
»Du hast ihn doch nicht umgebracht, sag? Du hast ihn nicht getötet, oder?« sprudelte Manu über. »Das muß ich selbst erledigen!«
»Hältst du mich für fähig, jemanden zu töten?«
»Nein.«
»Georges auch nicht. Jedenfalls hat er's nicht geglaubt.«
»Hast du ihn jetzt umgebracht, oder nicht, verdammt nochmal?«
»Nichts hab ich gemacht, gar nichts, zugehört hab ich. Ich habe Bellanger zugehört, und er sagte mir: Wenn du dein Maul halten kannst, schieb ich dir zehn Riesen rüber. Zehn Riesen, kannst du dir vorstellen, was das heißt?«

»Was hast du geantwortet?«

»Nichts hab ich geantwortet, kein Wort brachte ich raus – zehn Riesen, stell dir das mal vor – also hab ich so gemacht...«

Fertons Hand streckte sich und zog sich zusammen wie eine Quetschkommode, vier mal, und jedes mal öffnete sich seine Faust wieder und spreizte fünf Finger in die Luft.

»Zwanzig Riesen?«

»Zwanzig Riesen. Er war einverstanden.«

»Stimmt: Du bist wirklich ein Haufen Mist.«

»Ich hab's dir ja gesagt.«

»Du bist sogar noch weit hinter der Wahrheit zurückgeblieben«, fügte Manu aufgebracht hinzu.

»Und weil er die zwanzig Riesen natürlich nicht bei sich hatte, und ich keinen Scheck von ihm annehmen wollte, schlug er vor, mir als Garantie seinen Buick bis morgen zu überlassen. Dann wird er mir das Geld in bar aushändigen, und ich gebe ihm seinen Schlitten zurück.«

»Du bist wirklich ein Schwein, ein verdammter Mistkerl, aber am allerschlimmsten ist, daß du auch noch so dumm bist, ihm aus der Hand zu fressen«, sagte Manu. »Stell dir Georges doch mal vor... Was glaubst du, hat er gemacht, nachdem du verduftet bist?«

»Woher soll ich das wissen?«

»Er wird die Bullen angerufen und ihnen gesagt haben, daß sein Wagen verschwunden ist, nichts weiter... Inzwischen werden deine eigenen Freunde – was heißt Freunde, um dein Kumpel zu sein, muß man schon tief gefallen sein – den Bullen erzählt haben, daß du der letzte warst, der Louise gesehen hat, weil du zu ihr gegangen bist, um Zigaretten zu holen...«

»Jetzt übertreib mal nicht. Der Verbrecher ist Georges, nicht ich!«

»Beweis das erst mal!«

»Da ich den Buick habe, ist doch klar, daß George mir...«

»Klar ist höchstens, daß er einen gewissen Sinn für Humor hat, wahrscheinlich lacht er sich gerade krumm und schief. Da hast du dich mitten in die Scheiße gesetzt, mein lieber Ferton... Für zwanzig Riesen, die du nie zu Gesicht bekommen wirst, hast du bereitwillig einen Mord auf deine Kappe genommen.«

»Verdammt, ich wußte doch, daß ich eine Dummheit gemacht hab, deshalb wollte ich auch unbedingt mit dir darüber sprechen, Manu, aber du kennst mich ja, solange ich nicht dafür arbeiten muß, kann ich Geld einfach nicht widerstehen.«

»Wenn du deine Haut retten willst, solltest du wenigstens jetzt deine grauen Zellen da oben arbeiten lassen.«

»Hast du 'ne Idee?«

»Eine einzige, aber sobald ich sie dir sag, ist sie keinen Pfifferling mehr wert! Du läßt mich vor der Villa von Miquette raus und fährst auf direktem Weg ins Hauptkommissariat. Dort verlangst du nach Emile Gonzalès – du kennst ihn ja – du kannst dich auch auf mich berufen...«

»Was soll ich ihm sagen?«

»Alles. Die Wahrheit, nichts als die Wahrheit... Seine Vermutungen wegen Gin richten sich schon auf Georges, er wird dir glauben. Du kannst mir vertrauen.«

»Wär mir trotzdem lieber, du würdest mitkommen.«

»Nein, geht nicht. Ich muß zu den Kindern, die ich bei Miquette abgeliefert habe, ich hab versprochen, ihr zu helfen... Komm wieder zu ihr rausgefahren, sobald du deine Aussage gemacht hast. Versprich mir bitte, daß du aussagen wirst.«

»Wenn man nichts anderes tun kann...«

»Versprich's mir...«

»Beim Leben meiner Mutter!«

»Noch eine, die in Gefahr ist... Hast du wenigstens Schiß?«

»Klar, hab ich Schiß.«

»Ich verspreche dir, daß es keine Probleme geben wird. So kannst du nicht nur reinen Gewissens, sondern sogar erhobenen Hauptes durch die Welt gehen...«

»Ach weißt du, mit dem erhobenen Haupt ist das so 'ne Sache. Wenn einer den Kopf hoch trägt, kann er ihn auch leicht verlieren.«

»Im Moment kannst du auch dein Leben leicht verlieren.«

»Wenn Bellanger erst mal im Knast ist...«

»Der wird nicht in den Knast kommen.«

Die groben Kreppsohlen machten keine Geräusche auf dem ungepflasterten Trottoir, neben dem die weitgespannten Fächerpalmen mit ihren Wedeln frenetisch im Wind schwankten. Doch bei der heißen Luft spotteten sie ihrem Namen. Der Himmel war innerhalb einer knappen Stunde von Pelikan-Blau zu Ockergelb übergegangen und tauchte die Formen in einen hellen Dunst, der die wenigen Passanten wie überbelichtete Gespenster aussehen ließ.

Die Natur verkroch sich unter einem Film aus Sand und schwieg zu seinen eiligen Schritten. Ein Wachhund warf sich wütend gegen die Gitter einer verschlossenen Tür, doch kein Laut drang aus seinem offenen Maul.

Er unterdrückte ein Frösteln. Das Fieber. Sein Mund war trocken und seine Zunge gegerbt wie ein altes Stück Leder, sein verschwollenes Gesicht verfinsterte sich unter den sprießenden Bartstoppeln, seine Glieder schmerzten noch.

Seinem Kopf ging es nicht besser.

Sein graugelber Schatten folgte ihm strauchelnd eine gekalkte Mauer entlang, die von einer gepflegten Hibiskushecke verlängert wurde. Vor einem Holzschild, auf dem in verschnörkelten Buchstaben, die wie arabische Schriftzeichen aussehen sollten, der Name des Besitzers stand, hielt er an. Dar Omar Khayyam.

Die Villa von Miquette nistete in einem wunderbaren Park, den eine Hecke aus Granatapfelbäumen umgab, deren Blüten rot wie Plastik waren. Sie war in jenem neomaurischen Kolonialstil errichtet, für den die Architekten Ende der vierziger Jahre eine besondere Vorliebe hatten, doch schienen an ihrer Fertigstellung mehrere mitgewirkt zu haben, ohne daß der jeweils neue Architekt einen Blick auf die Arbeit seines Vorgängers geworfen hätte. Folglich war die gesamte Architektur undefinierbar.

Georges betrachtete sie einen gedehnten Augenblick, bevor er eindrang.

Der automatische Mechanismus der Garagentür, das stark gewölbte Bild des Fernsehapparats, die gigantischen Quinthien auf der Veranda, die vielen Foujitas an den Wänden, die erstklassigen Möbel aus brasilianischem Holz, all das ließ ihn vollkommen gleichgültig.

Fathyia dagegen wunderte sich schon über die einfachsten Dinge. Als in der Küche das Licht anging, nachdem Miquette auf den Schalter gedrückt hatte, klatschte sie vor Freude in die Hände und spielte hinter Miquette das alte An-und-Aus-Spiel, bis das auf bloßes Drehen eine Knopfes aus dem Hahn laufende Wasser ihre Aufmerksamkeit auf ein anderes Objekt ihrer Verwunderung lenkte.

Bei jedem neuen Zauber zeigte sie denselben Gesichtsausdruck wie die kleine Soubirous vor der Heiligen Jungfrau in ihrer Ektoplasma-Höhle in Lourdes.

Dann versuchte Miquette ihr beizubringen, wie man einen Comicstrip liest, was nicht einfach war. Sie versteifte sich darauf, die Bilder von rechts nach links anzuschauen, in der Richtung, in der die arabische Schrift gelesen wird, und verstand überhaupt nicht, warum der Bandit zusammenbrach und Arrrrgh stöhnte, bevor der maskierte Held Päng-päng geschossen hatte. Auch ihr kleiner Bruder verstand nichts, aber er war fasziniert von der Aufmachung der Mexikaner, die unter den Salven eines Maschinengewehrs Rra Rra Rra Tta Tta, das fast so groß wie ein Bombenwerfer war, Madre mia wie die Fliegen starben.

Miquette sprang hoch. Am Bergkamm wurde geschossen. Viertel vor sieben. Manu würde sich hoffentlich nicht verspäten.

Sie wollte noch ein Dusche nehmen, bevor sie ausging.

Die Tür war nicht geschlossen. Er durchquerte das kaum beleuchtete Vestibül, ließ die Treppe, die zu den Zimmern im ersten Stock hochging, links liegen, und betrat das Wohnzimmer, das wie ein tropisches Gewächshaus eingerichtet war. Im Blickfang stand ein riesiges Korb-Kanapee inmitten einer Orgie aus tropischen Pflanzen, von denen die lieblichen Düfte einer Einbalsamierung ausgingen.

Auf dem Sessel gegenüber starrten ihn ein Paar dunkle Augen über einen Comicband von Jerry Spring hinweg an.

Es gelang ihm zu lächeln. Dann setzte er seinen Weg fort.

17

Schreie.

Der Himmel hatte die Farbe einer ansteckenden Krankheit, ein schmutziges Gelb mit schwarzen Pestbeulen, das vom leuchtenden Rot einiger Wolkenfetzen durchzogen war, die wie benutzte Wattebäusche quecksilber-fluorescin ausfransten.

Die Ereignisse des Tages wurden unter dem halben Dutzend Polizisten heiß diskutiert, als der Kommissar den Bauch voraus die Krankenabteilung betrat. Das Taschentuch klebte an seinem verschwitzten Hals, und er schaute wie ein Chef, dem keiner was vormachen konnte. Shumacher hielt seinem Blick stand, ohne mit der Wimper zu zucken.

Der Chef setzte sich schwerfällig auf einen unbequemen Stuhl, kramte eine feuchte Kebir aus einem Päckchen schweißgebadeter Kippen heraus und steckte sie sich in den Mund. Er machte Anstalten, nach Feuer zu suchen, ein junger Polizist stürzte mit einem Zippo herbei. Guglielmi beugte sich mit dankbarem Blick für den Arschkriecher über die Flamme und begann, nervös an seinem Tampax zu ziehen.

Er schaute Bouchaïb eingehend an. Seine Schulter war in einen Verband gesteckt worden, der eineArm am Körper festgebunden, damit er sich nicht mehr bewegen konnte, und der andere war mit Handschellen an die Gitterstäbe des Betts gefesselt. Ein Infusionsgerät tröpfelte langsam neues Blut in seine Venen, um das, was er verloren hatte, zu kompensieren.

»Welcher Teufel hat Sie geritten, ein solches Massaker anzurichten?« fragte der Kommissar und räusperte sich, um seine trockenen Schleimhäute zu befeuchten.

»Einer meiner Männer ist tot, ein Wagen im Arsch«, erwiderte Shumacher in einem Tonfall, der seine Feindseligkeit kaum bemäntelte.

»Fünf Tote. Nur den da haben Sie am Leben gelassen«, sagte Guglielmi und zeigte auf Bouchaïb. »Sie waren nicht gezwungen, alle umzulegen.«

»Genau das war ich. Ich hab nicht mehr Autos bekommen, und in meinem Fahrzeug war nur noch ein Platz frei. Und Sie können sich ja denken, daß ich die Schweinehunde nicht einfach zurücklasse, nach all dem, was wir entdeckt haben.«

»Was genau haben Sie denn entdeckt?«

»Eine komplette Untergrund-Klinik, ein Krankenhaus für Terroristen und ein ganzes Sprengstofflager mit Zündvorrichtungen. Ich wollte keinen meiner wenigen Männer vor Ort lassen, sie wären nach unserer Abfahrt massakriert worden. Also hab ich die Verletzten ins Jenseits befördert, die Einrichtung der Klinik zerstört, die Zündmechanismen unbrauchbar gemacht und diesen Dreckskerl eingeladen, weil ich den Auftrag hatte, ihn herzubringen...«

»Und der Sprengstoff?«

»Ein Trupp ist gerade los und versucht, ihn sicherzustellen. Würde mich aber wundern, wenn sie noch was fänden.«

Die Tür wurde zaghaft geöffnet. Alle Blicke wanderten in ihre Richtung. Der Mann, der eintrat, schien verlegen.

»Entschuldigen Sie bitte die Störung...«

»Emil!« rief der Inspektor. »Was machst du denn hier, noch dazu in Zivil?«

»Keine Zeit, mich umzuziehen.«

»Wer ist der Kerl?« fragte der Kommissar.

»Emile Gonzalès«, stellte er sich vor.

»Unser Held von heute morgen, der, der Ikken, den Dieb des Buicks, festgenommen hat«, erläuterte Shumacher.

Bouchaïb richtete sich mit schmerzverzerrtem Gesicht in seinem Bett auf.

»Buick? Ikken?...«

»Dich hat keiner um deine Meinung gefragt«, schnauzte einer der Bullen, »*Scout foum'ouk!*« ein anderer.

»Laßt ihn reden«, ging der Inspektor dazwischen.

»Was ist mit dem Buick und... Ikken?« fragte der Gefangene.

»Was geht denn dich das an?« meinte Guglielmi.

»Der Buick wurde seinem Besitzer zurückgegeben, und Ikken ist tot. Fluchtversuch«, antwortete Shumacher und suchte gespannt nach einer Reaktion in Bouchaïbs Gesicht. »Wieso?«

»Möge Allah ihn im Paradies der Gläubigen empfangen«, gab der Gefangene von sich, »und möge er dort oben, mit Hilfe des Propheten, die Augen um genau acht Uhr weit öffnen, wenn die Bombe hochgehen wird. Sie wird uns rächen...«

»Was? Was?«

»Eine Bombe?«

»Wo ist die Bombe?« brüllte Shumacher, um die anderen zum Schweigen zu bringen.

»Um acht Uhr? Wenn dieser Schweinehund von Moslembruder die Wahrheit sagt, geht sie in knapp einer Stunde hoch«, stellte der Kommissar mit einem Blick auf seine falsche Cartier fest.

»Wo?« brüllte Shumacher nochmal. »Oder ich zerquetsch dir die Schulter.«

Drohend legte er seine Pranke auf den groben Verband.

Bouchaïb drehte den Kopf zu der Hand, die seine Schulter umklammerte, als wollte er sich davon überzeugen, daß die Drohung ernst gemeint war. Doch in dem Moment, als der Inspektor es am wenigsten erwartete, spuckte er auf seine Hand.

Shumacher drückte gewaltig zu. Schreie.

»Hören Sie auf damit!« befahl der Kommissar. »Nicht in meiner Gegenwart, haben Sie verstanden!«

Er warf einen Blick quer durch den Raum, um festzustellen, ob auch alle seinen Befehl verstanden hatten.

»Sie sind ja immer noch da?« brüllte er, als sein Blick auf Gonzalès fiel.

»Herr Kommissar, ich bin gekommen, um Ihnen mitzuteilen...«

»Zur Sache!«

»Daß Georges Bellanger noch eine Dummheit gemacht hat. Er hat ein junges Mädchen vergewaltigt und erwürgt, ein Mädchen...«

»Was, zum Teufel nochmal, nerven Sie mich immer mit Ihrem Bellanger? Wann werden Sie mich endlich mit Ihrem Bellanger in Ruhe lassen? Shumacher!«

»Chef?«

»Was habe ich Ihnen heute morgen gesagt?«

»Daß Sie nichts mehr über den Sohn der Bellanger hören wollen.«

»Warum erlaubt sich dann einer Ihrer Männer, meinen Befehl zu übergehen?«

»Ich werde mich bei ihm erkundigen, Chef.«

»Ich hab hier eine Bombe unter dem Hintern, ob sie nun scharf ist oder nicht, die in weniger als einer Stunde irgendwo in dieser Stadt explodieren wird, und Sie nerven mich mit diesem Bellanger? Sollte das blanker Ungehorsam sein, Shumacher, werde ich Sie bestrafen lassen! Aber, Shumacher, wenn das nur ein Scherz ist, kommt er Sie teuer zu stehen!«

Shumacher machte auf dem Absatz kehrt und nahm Gonzalès freundschaftlich bei der Schulter.

»Was ist passiert, Emile?« fragte er ihn.

»Ich habe die Zeugenaussage eines Mannes, er heißt Pierre Ferton, der Georges Bellanger der Vergewaltigung und des Mordes an einer Person namens Louise Verdugo beschuldigt.«

Der Kommissar warf einen verdutzten Blick in die Runde.

»Ja, verdammt nochmal, wie lange soll diese Komödie denn noch gehen? Das werden Sie mir büßen, Shumacher! Und Sie, was machen Sie in diesem Aufzug? Ziehen Sie erst mal Ihre Uniform an!«

»Ich habe eigentlich meinen Dienst schon beendet...«

»Dann hauen Sie ab, Mann! Lassen Sie uns endlich arbeiten. Zurück zu dieser verdammten Bombe, mein Gott! Die Bombe!« tobte der Chef und klopfte mit der Faust auf das Metallgitter des Betts.

Schreie.

Shumacher gab Gonzalès kurz ein Zeichen, daß er verschwinden sollte.

Ferton erwartete ihn vor dem Kommissariat am Steuer des Buicks.

»Fahr!« sagte er mit finsterer Miene.

Ferton startete, ohne nach einer Erklärung zu fragen.

»Ich hab mir einen Idiotenberuf ausgesucht«, erklärte der neue Bulle.

»Alle Berufe sind idiotisch.«

»Ich wünsch dir nicht, auch nur einen Tag arbeiten zu müssen«, sagte Gonzalès bitter ironisch.

»Nein, wünsch es mir lieber nicht. Am meisten wäre mir momentan eine hübsche Muschi zu wünschen, mit zwei super Oschis über der Muschi.«

Er ließ das Lenkrad los, um der idealen Form seiner Begierde nach riesigen Brüsten gestisch Ausdruck zu geben.

»Laß noch einmal das Lenkrad los, und ich verpaß dir 'nen Strafzettel.«

Die ersten Schatten des Abends fielen über die Stadt und schalteten einer nach dem anderen die verschnörkelten Arabesken der Neonlichter ein, die sich in rotweiß-grün-gelben Strömen über das gewölbte Glas der Windschutzscheibe ergossen.

»Der Kommissar wollte mich nicht mal anhören«, bekannte Gonzalès.

»Ich hab jedenfalls alles getan, um ehrlich zu bleiben«, sagte Ferton fröhlich, »mehr kann ich beim besten Willen nicht tun... Auch die höchste Tugend sollte man nicht überstrapazieren, wie schon Racine sagte. Moral hin, Moral her, ich behalte den Buick bis morgen und tausch ihn gegen die zwanzig Riesen! Und Manu kann sehen, wo er bleibt, mit seinen schönen Reden. Apropos Manu...«

»Ja?« hakte Gonzalès nach, »apropos Manu?«

»Ich glaube, daß er Georges umbringen will. Ich habe ihm seinen Revolver zurückgegeben.«

Mit einer reflexartigen Bewegung legte Gonzalès die Hand auf seine Pistolentasche, um zu sehen, ob die Automatik noch an ihrem Platz war. Dann antwortete er:

»Weißt du, wo wir ihn finden können?«

»Wen?«

»Manu!«

»Er ist bei Miquette, das ist genau die Richtige, mit allem drum und dran... und Möpsen, die mußt du mal gesehen haben... Solche Oschis!«

»Vorsicht! Denk an den Strafzettel!«

18

An dem alten Taxi klapperten alle Bleche, Schwitzwasser rieselte die Scheiben runter. Im Fahrpreis inbegriffen war ein türkisches Bad mit Stoßdämpfermassage.

Manu zog gedankenlos an seiner Zigarette, doch der Rauch tat ihm nicht gut. Es fiel ihm ein, daß er seit seinem Frühstück in der Milchbar noch nichts gegessen hatte. Sein Magen begann zu revoltieren. Er kaute auf einem Streichholz rum.

Das Taxi setzte ihn vor der Villa in der Rue des Dunes ab. Sie zitterte wie ein unruhiges Bild auf der Mattscheibe.

Manu erstickte fast. Er fuhr mit der Hand unter den Hemdkragen, als wollte er ihn noch weiter aufmachen. Es war aber nicht der Kragen, der ihm den Hals zuschnürte, sondern ein Angstkloß, der im Hals saß.

Schreie hallten durch das Haus.

Die Eingangstür öffnete sich schlagartig. Die kleine Marokkanerin kam, ihren Bruder hinter sich herziehend, herausgerannt.

Manu fühlte sich ausgebrannt. Seine Beine wollten ihn kaum noch tragen.

Fathyia warf sich gegen ihn. Mit einer Hand umklammerte sie seine Taille, mit der anderen hielt sie ihren Bruder fest und mit dem Kopf wühlte sie sich unter seine Achsel, um ihr Gesicht im Schutz des Arms zu vergraben.

Er war bedrückt, ohne jeden Schwung. Der Körper des kleinen Mädchens, das an ihm hing, zitterte. Er streichelte ihre Haare, um sie zu beruhigen.

Aus dem Haus ertönten erneut Schreie.

Er löste sich aus der Umklammerung, setzte sich mit einem Sprung von Fathyia ab, rannte durchs Vestibül und jagte vier Stufen auf einmal nehmend die Treppe in den ersten Stock hoch.

Es zerriß ihm das Herz in der Brust.

Wieder ein Schrei. Diesmal kein Angstschrei, sondern ein Schmerzensschrei.

Er hätte nicht sagen können, wann er seinen Revolver aus dem Gürtel gezogen hatte, aber er hielt ihn tatsächlich in der ausgestreckten Hand, die in Richtung der Schreie zielte.

Und plötzlich herrschte wieder Stille, als sei der Tonstreifen gerissen, während der entsetzliche Film ohne jedes Geräusch weiterlief, sieht man von seinem Puls ab, vom Blut, das in seinen Venen hämmerte.

Er bog ins Badezimmer ein, und erfaßte die Situation innerhalb von Sekundenbruchteilen. Miquette lag auf dem Boden, ein Meter fünfundsiebzig braune Haut über den ganzen Körper, der sich vor Seifenwasser tropfend über die Fliesen ausstreckte. Die Dusche lief noch. An seinem zweigeteilten Schatten sah er gerade noch, wie Georges durch das weitgeöffnete Fenster zur Linken hinaussprang. Die weißen Kacheln warfen in ohrenbetäubenden Echos den furchtbaren Knall eines Schusses zurück.

Er lief zum Fenster, rutschte auf einer Wasserlache aus, konnte sich im letzten Moment am Fensterbrett festhalten, glaubte, ein Stockwerk tiefer im Schimmer des Lichts, das aus dem Haus drang, eine leicht hinkende Gestalt davonlaufen zu sehen, und schoß noch einmal, ohne sie zu treffen.

Miquette bewegte sich. Die Dusche lief noch immer. Er verließ das Fenster und kehrte zu ihr zurück, um ihr beim Aufstehen zu helfen.

»Er wollte mich vergewaltigen, dieses Schwein!« stieß sie schwer atmend hervor. »Stell dir vor, er ist nicht größer als ich, erheblich magerer, und er wollte mich erwürgen! Gestörte gibt's, die gibt's gar nicht.«

»Dir ist nichts passiert?«

Sie schüttelte den Kopf.

»Ich war gerade unter der Dusche, voll eingeschäumt. Ich bin ihm wie ein Stück Seife zwischen den Händen entglitten. Er hätte zwei Tonnen mehr ins Gewicht legen können, es wäre dasselbe gewesen.«

»Ich frage mich, ob ich ihn getroffen habe...«

»Mach dir um ihn keine Gedanken, ich hab's ihm schon gegeben, diesem Sadisten... Ich hab mein Knie hochgerissen und ihm zwischen die Beine gesetzt, daß ihm die Eier zu den Ohren raus sind. Jetzt muß er nicht nur aufs Vögeln verzichten, sondern ist auch noch taub.«

»Miquette, du hast eine bewundernswerte Konstitution«, meinte Manu voller Anerkennung.

»Na, hör mal! Ich werde nie verstehen, warum ein Typ mich vergewaltigen will... ich bin eigentlich immer bereit.«

Manu gab ihr als Ausdruck seiner Dankbarkeit dafür, daß sie noch am Leben war, rasch einen Kuß auf die Stirn.

»Ich hab trotzdem noch eine Rechnung mit dem Schweinehund zu begleichen... Kümmer dich bitte um die Kleinen...«

»Manu...«

Er nahm denselben Weg wie Georges, ohne zu berücksichtigen, daß das Fenster im ersten Stock lag. Seine Knie federten bis an die Schultern, er hechtete in eine Rolle vorwärts, um die Gewalt des Aufpralls zu dämpfen.

Georges war in Richtung des nahe gelegenen Ozeans geflohen.

Es war ein Viertel mit brachliegendem Land, aufgegebenen Barackensiedlungen und verfallenen Häusern. Zwar entdeckte man noch einige Spuren von Menschen, die in der Gegend hausten, hörte noch einige Hunde schwächlich bellen, aber alles schien gottverlassen, und selbst der Wind beeilte sich, von hier fortzukommen.

Einige vergilbte Zeitungsfetzen, die zu Klopapier zusammengeknüllt waren, wirbelten ziellos über den Boden und flatterten um Georges herum, der sich mit unduldsamen, weit ausladenden Armbewegungen ihrer zu entledigen suchte.

Er stolperte über eine verrostete Konservenbüchse und stieß einen haßerfüllten Fluch aus. Seit er aus dem ersten Stock gesprungen war, tat ihm die Hüfte weh.

Mit der Hand verscheuchte er ein Stück Zeitungspapier, an dem getrocknete Exkremente klebten, die eine Titelzeile nur zum Teil verdeckten: Zwölf Tote und sechzehn Ver...

Plötzlich erhob sich ein Getöse.

Schweiß stand ihm auf der Stirn, als er anhielt, um zu horchen. In der Ferne schepperte ein Güterzug mit einem traurigen Zischen. Und wieder das Getöse.

Ob es der nahe Ozean war? In diesem Fall würde er auf die Küstenstraße treffen, und es müßte schon mit dem Teufel zugehen, wenn er dort nicht jemanden finden würde, der ihn in die Stadt mitnähme. Er lief weiter.

Doch das zunehmende Getöse erinnerte nicht nur an das Donnern der Flut. Da war noch etwas ganz anderes. Ein Sabbat.

Im lichten Dunst, der der Szenerie jeden Realismus nahm, konnte er die blendende Kuppel des Marabuts von Sidi-Abderrahmane erkennen, der wie eine prächtige Filmkulisse auf einem schwarzen Felsen stand. Die Mauern waren mit groben Pinseln gemalt, an denen sich die grünen und weißen Striche des alles überwuchernden Geißblatts entlangrankten. Die ganze Szenerie badete in goldenem Licht, während ein rund ausgesägtes Stück Balsaholz die Sonne simulierte, die über einem entfesselten Meer unterging, das seinen Gouachen-Schaum auf die aufgespannte Leinwand schleuderte.

Alles war irreal. Auch jene phosphoreszierenden Schatten, die wild gestikulierend umhersprangen, schienen in eine Bromgelatine-Schicht imprägniert zu sein, deren Farben durch einen verrückten Technicolor-Beleuchter ins Extreme gesteigert worden waren.

Die Schattengestalten näherten sich rasch, wie durch einen Zoom herangeholt.

Einen Augenblick lang blieb Georges wie versteinert stehen.

Als er den Bann durchbrechen wollte, klapperten schon die Eisenkastagnetten in seinen Ohren, und die vordersten Reihen der Tänzer zogen ihn in ihren dämonischen Rhythmus hinein.

Eine dicke Matrone schüttelte zwei Zitzen aus schwarzem Gelee, die unter ihrem weit geöffneten Stofftuch bebten. Sie hatte eine furchterregende Visage, die kaum von dem Schleier verhüllt wurde, den sie zurückhielt, indem sie an einem Zipfel auf ihm herumkaute.

Die Augen leuchteten aus ihrer schwarzumrandeten Kajalschatulle.

»*Al Hakim dhoû'l Kamal!*«

Ein finsterer Schrei wie am Tag des Jüngsten Gerichts.

»*La Illah Illa Allah!*« antwortete der Chor.

Die Männer ließen ihre Zöpfe im Kreis herumwirbeln, die lang und schwarz wie eine Kobra waren.

Die Matrone baute sich vor Georges auf und streckte den Brustkorb raus. Die Brüste plätscherten im Schweiß wie die Flossen eines Tauchers an der Wasseroberfläche. Er wollte der duftenden, schwarzen Woge entfliehen, die ihn überschwemmte. Er versuchte, sich einen Weg durch das Gewühl zu bahnen, wurde ins Zentrum zurückgeworfen, nahm all seine Kräfte für einen erneuten Versuch zusammen und wurde wieder zurückgeworfen.

»Meine Güte! Die sind ja völlig übergeschnappt!« sagte er laut.

Die Matrone stieß einen langen Schrei aus, der die Beschwörungsgesänge verstummen ließ, und mit ihrem Arm voll klingender und bimmelnder Armbänder, unterbrach sie die Musik. Von der ungewöhnlichen Stille aus der Fassung gebracht, hielten die Tänzer einer nach dem anderen inne.

Georges überlegte in Höchstgeschwindigkeit, doch die Gedanken in seinem Kopf schwirrten wild durcheinander, ohne daß er auch nur einen hätte klar fassen können.

"Was haben diese Kaftannigger bloß mit mir vor? Verdammte Scheiße!... Was wollen die von mir, was an mir bringt sie derart in Erregung? Wieso lassen sie mich nicht in Ruhe, diese verwichsten Knochengerippe!..."

Ein gutes Dutzend Fanatiker im Alter von dreizehn bis vierzehn Jahren, alle mit demselben flammenden Blick, umringten Georges und die Matrone mit ihren pechschwarz umrandeten Augen, die die Priesterin dieser Ansammlung von Geisteskranken war. Alle hatten sich in die Lumpen eines animalischen Karnevals gehüllt, hatten schwarze Mützen voller Kauri-Muscheln angezogen, die so weiß wie Porzellan sind, und sich eine Löwenmähne aus bunt zusammengeflickten Klamotten und mit geflochtenen Schnüren aus schwarzer Wolle zugelegt.

"Was machen die nur, verdammt nochmal? Was machen die nur? Sind sie jetzt völlig übergeschnappt, diese Ratten, oder was?"

Georges versuchte noch immer zu entkommen. Mit einem herben Stoß schickte er die Alte zu Boden, warf sich mit der Schulter voraus, um die Rasenden beiseite zu schubsen, auf alle Viere, und versuchte, zwischen ihren Beinen hindurchzuschlüpfen.

Er hätte es fast geschafft, doch ein sehr kräftiger Junge packte ihn rücksichtslos an den Haaren und schlug ihn in den Nacken. Mit der Kraft und Geschwindigkeit eines Squashballs versetzte der Schlag alle Häute und Lappen seines Hirns in Schwingung.

Der Junge schüttelte ihn jetzt, um ihn zum Aufstehen zu zwingen.

Georges fuhr sich mit der Hand über seine verletzte Augenbraue. Ein Stich der Naht war unter dem Schlag wieder aufgegangen. Er spürte Blut zwischen seinen Fingern kleben.

Ein weiterer Schlag ging auf ihn nieder; er wehrte ihn mit seinen schützend über dem Kopf gekreuzten Unterarmen ab. Die Faust traf ihn an der Schulter. Er fiel zur Seite und rollte auf den Bauch. Zehn Hände packten ihn und rissen ihn schlagartig hoch.

Er erkannte in dem jungen Marokkaner, der ihn getroffen hatte, den Zeitungsverkäufer wieder, der ihn am frühen Morgen im Las Delicias so angestarrt hatte. Er war sich ganz sicher, daß es derselbe war.

"Aber wer sind diese Arschlöcher?"

Er wollte überlegen, seine Gedanken ordnen, aber er hörte sich nur schreien:

»Laßt mich in Ruhe, ihr verdammten Arschlöcher!«

»Allah Ija'llk Sba oua Alli Chafk Ittfza!« heulte die Matrone mit verdrehten Augen, und klatschte in die Hände.

Sogleich setzten die Trommeln wieder ein, und die Musik ergriff die Gruppe, die ihren Tanz mit Sprüngen in die Hocke und auf Zehenspitzen aufnahm. Jedesmal, lwenn sie auf den Boden zurückfielen, rasselte ihr Atem.

»Laßt mich gehen!«

Einer der Fanatiker hängte sich an seinen Arm, und seine Finger bohrten sich in sein Fleisch, als wollten sie ein Stück davon herausreißen. Eine andere Hand packte ihn am Bauch, gerade oberhalb des Gürtels, und krallte sich in ihn fest, wie um seine Eingeweide bloßzulegen.

Von panischer Angst ergriffen heulte er laut auf.

Zähne bissen ihn grausam in die Schulter. Lange Fingernägel zerfetzten seinen Rücken.

Von hinten ergriffen ihn Hände und zogen ihn gewaltsam in alle Richtungen. Er begann vor sich hin zu wimmern, während er blind um sich schlug. Er traf einen seiner Angreifer an der Schläfe, sodaß er zurückwich, dafür biß ihm ein anderer in die Nase. Unter dem Schmerz schossen Tränen heraus. Er schlug und schlug, um sich zu befreien, schaffte es, seine beiden Daumen auf die Augen des Wahnsinnigen zu legen, der immer noch an ihm hing. Brüllend drückte er mit beiden Daumen zu, spürte, wie sie in eine Art warme Auster eindrangen, und berührte mit den Fingerspitzen die hintere Wand der Augenhöhle.

Der Junge fiel mit weit geöffnetem Mund zurück.

Ein wahnsinniger Schrei.

19

»Weißt du, wie Miquette genannt wurde, als wir noch auf dem Gymnasium waren?« fragte Ferton, während er die Avenue am Meer entlangfuhr.

»Sag bloß nicht, du bist aufs Gymnasium gegangen«, erwiderte Gonzalès ironisch.

»Ich hab sogar mein Lehrerdiplom, dafür streck ich beide Finger hoch. Ich könnte Volksschullehrer sein oder Bulle, wie du, aber so ein Pech, mir fehlt nicht nur die erforderliche sittliche Reife, nein, zudem bin ich auch von Grund auf schlecht, wie schon meine Eltern sagten.«

»Also, wie hast du Miquette genannt?«

»Penalty.«

»Penalty? Wieso Penalty?«

»Weil sie immer direkt aufs Ziel losgeht!« sagte der lange Ferton und lachte sich schepps.

»Mensch, da warst du ja bescheuerter als heute mittag. Penalty! Es hätte ruhig etwas charmanter sein können...«

»Sie konnte sich nicht beklagen. Hast du mal 'ne Helle?«

»Nur Casas...«

»Igitt«, antwortete er angewidert, nahm aber doch eine Zigarette. »Kannst du nicht Amerikanische rauchen, wie es alle tun? Wenn ich dich dieses Kraut rauchen sehe, krieg ich fast Lust, mir selbst Kippen zu kaufen.«

»An dem Tag, an dem du dir Kippen kaufst, solltest du dich in einen geheimen Schlupfwinkel zurückziehen. Du hast einen gewissen Ruf als Schnorrer zu verteidigen.«

»Du mußt zugeben, daß ich ihn sehr gut verteidige.«

»Ja, darin bist du Meister.«

Der Buick bremste ab, um in die Allee der Rue des Dunes einzubiegen. Er hielt vor dem großen Eingangstor der Villa.

Es befand sich kein einziges Auto auf der Straße.

Sie durchquerten schnell den Garten, wobei sie sich Taschentücher vors Gesicht hielten, um nicht den Rauch einzuatmen, der noch in der Luft hing. Ferton klingelte.

Die Tür ging sofort auf, als ob dahinter jemand auf sie gewartet hätte. Miquette erschien. Sie hatte sich breitbeinig vor sie hingepflanzt und zielte mit einer Long Rifle 22er Kaliber auf Fertons Brust.

»Oh, entschuldigt bitte«, reagierte sie sogleich und senkte die Waffe. »Als ich den Buick ankommen sah, dachte ich, Georges würde zurückkommen.«

»Du kannst dich rühmen, mir die größte Angst meines Lebens eingejagt zu haben!« sagte Ferton noch schwer beeindruckt.

»Welch ein Empfang!« witzelte Gonzalès. »Ich hab schon geglaubt, wir hätten bei Bloody Mama geklingelt.«

»Und ich hab ihm auch noch gesagt, daß wir dich in der Schule Penalty genannt haben. Diesmal hättest du uns fast getroffen.«

»Aber Jungs, ihr werdet doch nicht gleich einen Herzanfall kriegen, nur weil ich euch einen Ballermann vor die Nase gehalten habe«, meinte sie und forderte die beiden mit einer Geste auf einzutreten. »Trinkt erstmal einen Schluck, das beruhigt die Nerven.«

»Ist Manu da?« fragte Gonzalès.

»Ah Manu! Das ist wenigstens noch ein Mann, ein ganzer Mann!« sagte Miquette. »Als ich ihn das letzte Mal sah, sprang er aus dem Fenster meines Badezimmers, um einen Sadisten zu verfolgen, der mich entehren wollte. Ihr hättet mal sehen sollen, wie er durch das Fenster hechtete... wie Gérard Philippe in Fanfan la Tulipe.«

»Du hältst dich nicht zufälligerweise für Gina Lollobrigida?« gab Ferton von sich.

»Zuviel Busen.«

»Was hat es denn auf sich mit dieser Geschichte vom Fenster und der Verfolgung?« wollte Gonzalès wissen.

In wenigen Minuten erzählte sie, was passiert war. Gonzalès griff zum Telefon.

»Du gestattest?« fragte er, während er schon die

Nummer des Hauptkommissariats wählte.

»Ich bin's wieder«, sagte er, als er Inspektor Shumacher in der Leitung hatte.

»Wenn's denn sein muß, Cousin, was hast du auf dem Herzen? Warum rufst du mich an? Halt dich ran, ich habe zu tun.«

Sein elsässischer Akzent war durch die Leitung endgültig zur Karikatur geworden. Er hörte sich an wie: Haldisch ran, isch habb dsu dun.

»Ich bin hier bei einem Mädchen...«

»Und jetzt willst du die Gebrauchsanweisung von mir, oder was?«

»Nein, es ist eine ernste Sache. Ich bin hier bei einem Mädchen, das soeben von Georges Bellanger angegriffen wurde. Ich habe ihre Aussage. Er wollte sie vergewaltigen und töten. Diesmal haben wir den Beweis, daß...«

»Willst du unbedingt, daß ich nach Oujda an die Grenze versetzt werde, willst du das wirklich? Willst du wirklich, daß Guglielmi mich feuert?«

Shumacher sprach ganz gelassen, er ließ sich nicht aus der Ruhe bringen.

»Nein, ich versichere Ihnen, daß das nicht in meiner Absicht liegt! Aber was soll ich denn tun?« beharrte Gonzalès. »Ich versteh überhaupt nichts mehr. Dieser Typ ist ein gemeingefährlicher Irrer, ein Mörder und Sadist. Und da ich den Beweis dafür habe, will ich ihn festnehmen, schließlich bin ich Bulle. Das ist doch ganz klar, und andererseits wiederum nicht. Also, was soll ich tun? Das frage ich Sie, Inspektor! (Er konnte seine Wut kaum noch im Zaume halten.) Zudem hat dieser Schweinehund noch die Freundin eines Kumpels vergewaltigt, und dieser Kumpel läuft jetzt mit der Knarre in der Hand durch die Gegend, um ihn abzuknallen. Was also, frage ich Sie nochmal, soll ich tun? Ich verlange eine Erklärung.«

»Beruhige dich, Kleiner.«

»Ich komm mir vor wie ein junger Priester, dem der Bischof gerade gesagt hat, daß es keinen Gott gibt.«

»Ich kann gut verstehen, wie du dich fühlst«, sagte

Shumacher leise. »Aber paß auf! Ich will dir mal einen Tip geben. Stell dich meinetwegen auf die Hinterbeine, verhafte diesen Sohn einer Luxushure und bring ihn mitsamt dem Mädchen aufs Kommissariat ihres Wohnviertels. Dort soll sie ihre Aussage machen, und dann werden wir sehen, wie weit Malatestas schützender Arm reicht, um seinen verkorksten...«

»Malatesta? Der Zivilgouverneur?«

»Emile, du bist doch nicht von vorgestern«, meinte der Inspektor mit noch leiserer Stimme, »du müßtest doch wissen, daß er seit rund zwölf Jahren mit Frau Doktor ins Bett geht, und daß jener Georges, um den es hier geht, nicht zuletzt auch von ihm großgezogen worden ist.«

»Heiliger Strohsack!«

Gonzalès fiel aus allen Wolken. Er hatte sofort kapiert, daß er nicht die geringste Chance hatte, Bellanger vor den Richter zu bringen.

»Du läufst hier durch ein Minenfeld, Kleiner... Gib acht, daß du auf keine trittst«, meinte Shumacher.

»Okay, Inspektor, hab's kapiert. Danke für den Tip.«

»Emile?« sagte die Stimme am anderen Ende der Leitung noch.

»Ja.«

»Sag deinem Kumpel, er soll keine Scheiße bauen... sonst ist er erledigt.«

»Ich werd's ihm sagen. Wenn es nicht schon zu spät ist.«

Er legte wieder auf. Jetzt ging es nur noch um eins: Manu davon abzuhalten, eine Dummheit zu begehen. Shumacher hatte recht, würde Manu Bellanger umbringen, hätte er von der Justiz dieses stinkenden Landes nichts zu erwarten.

Wahrscheinlich war es schon zu spät.

»In welche Richtung ist er gelaufen?« fragte er Miquette.

Sie zeigte mit dem Finger auf den Küstenhang von Sidi-Abderrahmane.

Manu hielt an, um Luft zu schöpfen. Er zündete sich mit einigen abgehackten Bewegungen eine Zigarette an und schüttelte das Streichholz noch, als der Wind es schon ausgeblasen hatte.

Georges war verschwunden. Doch in seinem Innersten, in seinen Eingeweiden spürte er ihn ganz nahe. Er nahm einen tiefen Zug aus seiner Kippe und lauschte aufmerksam auf alle Geräusche. Ein Güterzug fuhr in die Ferne und gab bei jeder Dehnungsfuge einen Schluchzer von sich. Ein paar Hunde bellten schwach.

Eine unbestimmte Angst erfaßte ihn, und er konnte sich nicht erklären warum. Zweifellos lag es am finsteren Ort.

Er beugte sich gerade etwas vor, als er ein fernes Geräusch zu hören glaubte, eine Art Rauschen. "Sicher das Meer", sagte er sich.

Einige zerrissene Zeitungen flogen in Windrichtung dicht über den Boden hinweg. Sie trugen noch die angetrockneten Spuren des letzten Gebrauchs, der von ihnen gemacht worden war.

Er wußte nicht warum, wahrscheinlich diente es der Beruhigung seiner Nerven, aber aus einer Laune heraus stoppte er eines der Blätter mit dem Fuß: Tragische Bilanz. Zwölf Tote und sechzehn Ver...

Das Rauschen wurde lauter. Plötzlich aber herrschte wieder totale Stille, als hätte sie jemand befohlen.

Trotz Hitze zitterte Manu. Er nahm zwei hastige Züge und stieß den Rauch aus Mangel an frischer Luft sofort wieder aus.

Das Geräusch setzte wieder ein.

Angstschreie waren zu hören.

Manus Atem ging schneller. Er ging in die Hocke, machte sich klein, als befürchtete er, gesehen zu werden. Er verharrte in dieser Stellung und horchte.

Plötzlich ertönte nicht weit, irgendwo am Ende dieses brachliegenden Geländes, wieder das Gebrüll und bohrte sich ins Ohr wie ein Schrei des Entsetzens.

Manu gab sich einen Ruck, sprang auf und zerrte krampfhaft am Kolben seines Revolvers. Eine andere

Stimme reihte sich schreiend in das Gebrüll ein. Dann wieder eine andere, die noch grauenerregender schrie.

Manu bewegte sich jetzt langsam wieder vorwärts.

Ein Nerv unter seinem Augenlid zitterte unmerklich.

Noch ein Schrei, lauter. Ein Schrei unmenschlichen Leidens, der sich durch den Wind brannte, sich in die Länge zog, sich ausweitete, noch lauter wurde. Und plötzlich wieder Stille.

Manu rannte jetzt wie ein Verrückter in Richtung Schrei, verfolgt von verschissenem Klopapier.

Der große, schwarze Buick mit dem vielen Chrom brauste über die holprige Küstenstraße. Am Steuer saß Gonzalès.

Sein Hintern schwebte über dem Sitz und sein Bauch lag über dem Lenkrad. Durch das blendende Licht in seiner Sicht stark beeinträchtigt, klebte er in der Haltung eines Jockeys eingangs der Zielgeraden mit der Nase an der Windschutzscheibe.

Der Sand rieselte die Karosserie entlang und streichelte den Lack wie eine Schleifmaschine. Die V-förmig liegenden acht Zylinder hämmerten und tobten, verschlangen das Super und schluckten den Asphalt.

»Da!« sagte Gonzalès und zeigte mit ausgestrecktem Finger auf phantomartige Schatten, die sich im Gegenlicht bewegten.

Mit einem plötzlichen Schlenker verließ er die Straße. Der Wagen tauchte ins leere Gelände, das tiefer lag, und bis die Räder wieder Boden faßten, hing er zwischen Himmel und Erde. Bevor die hinteren Räder gelandet waren, platzte zum Ächzen der Stoßdämpfer das Verdeck auf.

»Bist du wahnsinnig, du wirst den Wagen liefern«, protestierte Ferton, der sich schnell irgendwo festklammerte.

»Kann dir doch egal sein, schließlich gehört er nicht dir!«

Gonzalès holte seine Automatik hervor und ließ die

Scheibe neben sich runter. Der Wind fegte mit tausend Quartznadelstichen hinein. Er streckte den Kopf zum Fenster raus, schloß die Augen halb und suchte nach dem Grund für die Versammlung.

Plötzlich ertönte über den Motorenlärm hinweg ein schreckliches Geheul, fast wie ein Todesschrei.

Ohne abzubremsen, betätigte Gonzalès die automatische Öffnung des Verdecks, das vom Wind sofort wie ein Segel aufgebläht wurde, fürchterlich krachte und sich loszureißen drohte.

Der Buick schwankte gefährlich.

Eine plötzliche Windstille zwischen zwei heftigen Böen stellte ihn wie durch ein Wunder wieder auf seine vier Räder. Das Verdeck legte sich nach hinten zurück.

Ein neuer Schrei.

Gonzalès beugte sich, Bauch auf dem Lenkrad, über die Windschutzscheibe und streckte die Hand mit der Waffe aus.

Die Räder wühlten den rissigen Boden auf, schleuderten zerquetschte Konservenbüchsen weg, ließen Flintsteine aufspritzen und warfen leere Flaschen in den Wirbel aus vergilbten Papierknäueln und farblosen Plastikteilen.

Die Augen zu horizontalen Schießscharten zusammengekniffen, schätzte er die Entfernung und feuerte.

»Hup!« brüllte er.

Seine Stimme ging in den Schreien, dem Pfeifen des Winds, dem Rauschen des Ozeans und dem Röhren des Motors unter. Dann ertönte die Hupe, klemmte und bohrte sich in die Trommelfelle.

»Ich fahr mitten in den Haufen rein. Manu steckt da drin!«

Er sah in Tierfelle gekleidete Männer, die einen Augenblick schwankten, bevor sie eilends davonrannten. Die Ansammlung stob auseinander.

»Heiliger Strohsack! Sieh dir diese Trottel an!«

»Jaaa! Sieht aus wie ein Haufen Bettvorleger auf einem Pfadfindertreffen«, brüllte Ferton, um verstanden zu werden.

Die Tachonadel zitterte bei jedem Rumpeln. Sie zeigte irgendwas zwischen fünfzig und sechzig, jedenfalls nicht mehr, aber der Wind und die Unebenheiten vermittelten den Eindruck einer höllischen Geschwindigkeit.

Gonzalès schoß wieder. Einmal. Zweimal. Er klammerte sich am Lenkrad fest, um den unvermeidlichen Rückstößen standzuhalten.

Ein Löwe flog über den Buick und verschwand in der Staubwolke, die der Wagen aufwirbelte. Ein blutverschmierter zweiter Löwe kam über die Haube geschlittert und prallte gegen die Windschutzscheibe, die mit Blut vollgespritzt wurde.

Die eintausendsiebenhundert Kilogramm des amerikanischen Schwergewichts drangen in die Fleischmassen. Gonzalès wurde gegen das Lenkrad geschleudert und betätigte unabsichtlich den Scheibenwischer, so daß der abgenutzte Schwanz eines friedlich im Zoo verstorbenen Löwen schlick-schlack schlick-schlock Halbkreise aus Blut auf das Sekuritglas zeichnete.

Das Getriebe ächzte und blockierte. Dicker, schwarzer Qualm stieg über der Motorhaube auf und verflüchtigte sich im Schirokko.

Ein Schwarzer voller Galle, Blut, Eingeweide und Exkremente baute sich vor der Fahrertür auf. Gonzalès schoß ohne zu zielen. Die Erscheinung verschwand.

Ferton konnte sich nur mühsam wieder aufrichten. Er zählte seine Rippen, doch da er nicht wußte, wieviel er hatte, kam er im Stillen zum Schluß, daß er sich eigentlich keine Sorgen zu machen brauchte, und hörte mit der Zählerei wieder auf.

Ein anderes Raubtier, das nicht mehr wie ein Mensch aussah, sprang mit Hilfe der Stoßstange auf den Kofferraum. Es fing sich eine Kugel in die Stirn ein, die aus einem trichterförmigen Loch in seinem Nacken wieder austrat. Sein Kopf sank auf die Rückbank, und spuckte ein Gehirn aus, das für einen Mann seines Gewichts nicht allzu groß war.

»Bring die Karre wieder in Gang, verdammt nochmal!« brüllte Ferton.

Gonzalès stieß die Tür auf, die klemmte, weil sich irgendein Fetzen im Scharnier verfangen hatte.

Um den Wagen herum lagen einige Körper, die schon von einer Sandschicht bedeckt waren, wie mit Puderzukker bestreut. Keiner regte sich mehr. Er ging einmal um den Buick herum. Der Kühlergrill hatte einiges abgekriegt, und aus der einst prächtig verchromten Schnauze war eine eingebeulte, verdreckte und blutverschmierte Fresse geworden.

»Versuch ihn wieder in Gang zu bringen«, warf er Ferton zu, der im Wagen geblieben war.

Nichts zu machen.

»Der Motor ist abgesoffen. Er muß angeschoben werden«, erwiderte Ferton.

»Bringt nichts. Du hast vergessen, daß es eine Automatik-Kutsche ist!«

»Verdammte Scheiße, wir sind geliefert!«

Gonzalès erstarrte. Keine zehn Meter vor ihm regte sich deutlich ein Körper, versuchte, Arme und Beine einzusammeln. Er kroch auf allen Vieren und erhob sich langsam im Gegenlicht.

Es war Georges Bellanger.

Plötzlich ein Knall. Eine Silhouette lief, den Kopf in einer Aureole aus Licht, in Georges Richtung. Sie hielt an, die Waffe in der Hand, und zielte.

»Manu!« rief Gonzalès.

Mit einem Sprung war er bei Georges, packte ihn, zerrte ihn hoch, warf ihn wieder zu Boden und stellte sich wie ein Schutzschild vor ihn, so daß Manu nicht schießen konnte, ohne ihn zu verletzen.

Die zwei Freunde standen zwölf Meter voneinander entfernt.

»Mach keine Dummheiten, Manu!«

»Laß mich.«

»Mach keine Dummheiten und werf die Knarre weg.«

»Ich will ihn umlegen, ich will ihn umlegen!«

»Bist du verrückt, oder was? Ich bin der Bulle hier, nicht du! Und wenn du ihn umlegst, muß ich dich verhaften!«

»Mir scheißegal. Du wirst mich nicht davon abhalten, ihn umzulegen!«

»Und du wirst mich nicht davon abhalten, meinen Job zu erledigen, du verdammter Idiot! Hast du verstanden? Also, werf die Waffe weg, werf sie weg!«

Gonzalès näherte sich ihm unmerklich. Manu hob wieder seinen Arm.

»Weg damit, hörst du!«

Sie sahen sich ins Gesicht, noch drei oder vier Meter auseinander. Manus Haare flatterten wild im Wind, der unaufhörlich ein Karussell aus Sand und Klopapier um sie wirbelte. Manu streckte seinen Arm aus wie auf dem Schießstand.

»Du kannst mich nicht davon abhalten, Emile, ich muß es tun.«

Daraufhin senkte Gonzalès seine eigene Waffe und näherte sich entschlossen, bis seine Brust auf den Revolverlauf stieß. Der Hahn war gespannt.

»Das werde ich niemals zulassen«, sagte er. »Ich möchte dich lieber nicht verhaften, verstehst du? Hast du dabei schon mal an Gin gedacht? Bist du sicher, daß sie davon träumt, einen Typen zu lieben, der im Knast sitzt, weil er in Wild-West-Manier die Justiz selbst in die Hand hat nehmen wollen, und ihm zwanzig Jahre lang alle zwei Wochen Orangen zu bringen? Hast du sie gefragt, ob sie mit der Zukunft einverstanden ist, die du ihr bietest?... Komm, Manu, gib mir das Ding und überlaß mir alles weitere... Mach's mir nicht unnötig schwer...«

Während er sprach, hatte er sanft, und ohne Druck auszuüben, seine Hand auf die Manus gelegt, und als sich dessen Arm entspannte, ließ er seine Hand noch in derselben Bewegung zum Revolver hinuntergleiten, der, plötzlich schwer geworden, ganz leicht in seine Hand überging. Der Stahl war brennend heiß.

Er rückte noch näher an Manu ran und legte zum Zeichen des Danks den Arm um seine Schulter. Daraufhin packte Manu ihn, und drückte ihn heftig an seine Brust, etwa so, wie sich ein jüngerer Bruder in die Arme des älteren wirft.

Als Gonzalès begriff, daß Manu an seiner Brust weinte, rührte ihn das auf unglaubliche Weise, und fast hätte er selbst geweint.

»Komm, Manu, hör auf zu flennen.«

Nervöse Hände kneteten krampfhaft die Muskeln seiner Arme, als wollten sie um eine unmögliche Hilfe flehen.

»Ist ja gut, Manu, ist ja gut.«

Er fuhr sich mit der Hand unters Auge, um eine Träne wegzuwischen, die runterkullerte. Auf dem Nasenrükken spürte er den Stahl seiner Waffe.

»Mensch, Manu, flenn doch nicht so.«

Er befreite sich sanft, indem er sich aus Manus Armen wand. Er mußte jetzt noch etwas zu Ende bringen. Und das war zu heikel, um Gefühlen nachzugeben. Er mußte jetzt all seine Kräfte zusammennehmen.

Er drehte sich um.

Georges hatte sich schon mehr als zwanzig Meter entfernt, doch jene in verschmutzte Wildkatzenfelle gehüllte schwarze Schatten, die um sie herum einen großen Kreis gebildet hatten und sich langsam näherten, hatten ihn davon abgehalten, sich in Sicherheit zu bringen.

Ferton war unter der Motorhaube des Buick verschwunden und überprüfte die acht Zündkerzen, die er eine nach der anderen zum Trocknen in den Wind hielt.

Ein Stein schlug gegen die Karosserie, die wie ein Kessel erschallte.

»Renn zum Auto!« befahl Gonzalès Manu, der willenlos gehorchte.

Er selbst lief gebückt, um den Steinwürfen zu entgehen, zu Georges. Er stieß gegen einen ekelhaften Körper, den der Buick entsetzlich verstümmelt hatte, mit einem gesichtslosen Kopf, herausgerissenen Fleischfetzen, gebrochenen Knochen, die aus der aufgeplatzten Haut herausragten, und Gedärmen, die wie ein schlaffer Gartenschlauch frei herumlagen. Das Auto mußte den Körper gut fünfzig Meter weit mitgeschleift haben, den Rest hatte wohl der steinige Boden besorgt.

Ein Stein traf den Körper und ließ ihn erzittern.

Georges konnte sich kaum aufrechthalten. Ein trauriges Gespenst aus Sand und Blut, nur knapp der Apokalypse entronnen.

»Holt mich hier raus!« heulte er und ging zwei unsichere Schritte auf den Buick zu.

Ein großer Stein traf ihn am Kopf, aus dem Blut sikkerte, noch bevor er zu Boden ging. Er sackte nach vorne zusammen, ganz langsam, wie eine Zeitlupe, die sich so lange hinzog, bis das Bild verschwamm und irreal wurde. Seine beiden Hände, die er mühsam vors Gesicht hielt, waren rot geworden vom Blut, das zwischen seinen Fingern hervorquoll.

Gonzalès sah auf einmal Gin im Krankenhaus liegen.

Er feuerte aufs Geratewohl auf die Silhouette einer Wildkatze, die sich, einen weiteren Stein schwingend, unerschrocken genähert hatte. Dann drehte er sich auf Knien zu George um.

Er spürte Gins sanfte Hand in der seinen.

In einer schnellen, unvorhersehbaren Bewegung hob er erneut seine Waffe und schoß aus allernächster Nähe.

Ein Blutstrahl spritzte hoch und wurde wie ein Auswurf vom Wind davongetragen.

20

»Wieviel Uhr ist es?«

»Hab noch nie 'ne Uhr gehabt«, sagte Shumacher.

»Kurz nach halb acht«, meinte ein Bulle.

Guglielmi dankte ihm mit einem Kopfnicken. Er verrenkte sich, um sein durchgeschwitztes Hemd vom Rücken zu lösen. Es war ihm unangenehm, wie sehr dabei seine Korpulenz sichtbar wurde.

Shumacher hörte auf, kreuz und quer durchs Zimmer zu laufen, und pflanzte sich vor Bouchaïb auf, der in einem Krankenhausbett lag. Überrascht sah er in dem Glasbehälter, aus dem Blut der Gruppe B durch einen durchsichtigen Schlauch in die Vene tropfte, den Widerschein seines Gesichts.

»Also, ich wiederhole. Bouchaïb ben Ahmed Ikken. Geboren 1924 in Foum-Zguid, gehört zum Stamm der Aït-Isfoul. Krankenpfleger ohne Diplom. Arbeitet seit zehn Jahren als Nachtwache in der Eukalyptus-Klinik. Gilt als intelligent, fleißig... Was ist denn in dich gefahren? Wolltest du deinen eigenen Laden aufmachen? Hast du deshalb das ganze Zeugs gestohlen?... Wenn es nach mir ginge, ich würde dich bis ans Ende deiner Tage hinter Gitter bringen, aber deine Brötchengeberin, Doktor Bellanger, hat uns gerade telefonisch mitgeteilt, daß sie keine Klage gegen dich einreichen will... Da hast du Schwein gehabt.«

Shumacher schwieg, um die Wirkung seiner Worte abzuwarten. Bouchaïb zeigte keinerlei Reaktion. Also fuhr er fort:

»Wenn du willst, lassen wir dich auf der Stelle frei. Das hängt allein von dir ab. Sag uns, wo die Bombe hochgehen soll, und du bist frei. Wir haben keine weiteren Anschuldigungen gegen dich vorliegen.«

Guglielmi wandte sich seinerseits an ihn:

»Was den Sprengstoff angeht, den wir bei dir gefunden

haben, werden wir offiziell bekanntgeben, daß Terroristen dich gezwungen haben, ihn für sie aufzubewahren.«

Shumacher führte weiter aus:

»Wir wissen, daß der Buick gestohlen wurde, um die Bombe zu transportieren. Wo ist sie abgestellt worden? Das ist alles, was wir wissen wollen.«

Bouchaïb drehte langsam den Kopf um.

»Die Bombe befindet sich in den Händen Allahs. Frag ihn, wo er sie hingelegt hat.«

»Aus dem holen wir nichts raus«, sagte Shumacher und ließ von ihm ab. »Bleibt uns nur noch eine einzige Chance.«

»Ich wüßte gern welche?« fragte Guglielmi.

»Die Bombe könnte vielleicht gar nicht deponiert worden sein... Vielleicht hat Gonzalès den Dieb geschnappt, bevor er sie irgendwo legen konnte. In diesem Fall wäre sie immer noch im Wagen.«

»Mein Gott!« stöhnte Guglielmi verbittert, weil er nicht selbst daran gedacht hatte. »Hat denn niemand den Wagen durchsucht, als wir ihn hier hatten?«

»Niemand.«

»Veranlassen Sie sofort einen Aufruf durchs Radio! Eine Sondermeldung!« ordnete Guglielmi an. »Der Buick muß mit allen Mitteln aufgespürt werden. Das ist ein Befehl! Und ich will, daß er gefunden wird, bevor er in die Luft fliegt, Herrgott nochmal! Sie haben genau zwanzig Minuten Zeit dafür. Mobilisieren Sie alle verfügbaren Männer!«

Mit großer Geste verteilte er die Rollen. Seine Bewegungen waren äußerst hektisch. Die Polizisten liefen in alle Richtungen auseinander. Shumacher nutzte das allgemeine Chaos, um sich kurzerhand eine leere Spritze zu schnappen, die er auf einem Tablett entdeckt hatte. Er setzte die Nadel an den Infusionsbehälter. Die injizierte Luft ließ das Blut sprudeln. Dann öffnete er den Hahn, der den Abfluß des Bluts regulierte, und die Luftblasen rutschten schnell zur Vene hinab.

Bouchaïb, der ihm gleichgültig zugeschaut hatte, gab nur ein »Allah k'bar« von sich.

Der Kommissar griff sich ein freigebliebenes Telefon.
»Polizei! Verbinden Sie mich mit Doktor Bellanger«, verlangte er von der Vermittlung.

Seine Finger trommelten auf den Tisch.

»Hallo?« fragte der Telefonhörer.

»Kommissar Guglielmi. Madame, Sie müssen entschuldigen, wenn ich mich kurz fasse, aber ich muß unbedingt Ihren Sohn finden, es ist äußerst dringend. Wissen sie, wo er anzutreffen ist?«

Es herrschte kurze Zeit Stille, ein unerträglich gespanntes Schweigen, bevor die Antwort kam:

»Warum wollen Sie das wissen? Hat er etwas getan, Herr Kommissar?«

»Es würde zu lange dauern, Ihnen alles zu erklären. Wir dürfen keine Sekunde verlieren, ich muß ihn finden, bevor er...«

»Bevor er was? Er hat wieder damit angefangen, stimmt's?«

»Ich bitte Sie! Ich habe nicht die Zeit, alles zu diskutieren. Wo ist er? Das ist alles, Madame, was ich von Ihnen wissen möchte. Sagen Sie es mir, um Himmelswillen!«

»Er hat wieder damit angefangen. Ich kann es mir schon denken. Sie wagen nicht, es mir zu sagen.«

»Wissen Sie, wo er ist?«

Erneutes Schweigen am anderen Ende der Leitung, bevor sich die Stimme, die jetzt härter geworden war, wieder meldete:

»Sollten Sie es sich in den Kopf gesetzt haben, meinen Sohn zu verhaften, Herr Kommissar, möchte ich nicht in Ihrer Haut stecken.«

Georges fiel wie ein schlaffer Sandsack in den blond schimmernden Staub. Er schrumpelte zusammen, als wollte er in der Todeseruption, die Blutspritzer, Sand, Knochen und Schotter um seinen Körper aufwirbelte, gleich wieder hochschnellen. Dabei leuchtete der Schotter in der Abendsonne feurig auf, die so schnell unterging, daß man ihren Lauf mit bloßem Auge folgen konnte.

Der Körper erstarrte schließlich in einer jener uneleganten und lächerlichen Haltungen, die nur ein gewalttätiger Tod erfinden kann, und alle Partikel in der Luft fielen auf ihn zurück, Sand und Staub, Knochensplitter und Schottersteine, Blutspritzer und Hirnreste.

Der Wind hatte sein Hemd bis unter die Achseln hochgerafft, als Gonzalès ihn an den Füßen packte und rückwärts zum Buick zog.

Georges war schwer und die Unebenheiten des steinigen Bodens erforderten noch größere Anstrengungen. Er spürte wie ihm der Schweiß lief und gleich wieder antrocknete.

Manu war wie vor den Kopf geschlagen, zu jeder Bewegung unfähig. Ferton gab nur ein »Ah, das Arschloch!« von sich und hielt die Kerze länger in den Wind, als zum Trocknen nötig gewesen wäre.

Der Steinhagel setzte wieder ein.

»Helft mir!« bat Gonzalès am Ende seiner Kräfte.

Manu folgte ihm wie ein Zombie, und gemeinsam hievten sie den Körper in den Kofferraum.

»Ich versteh überhaupt nichts mehr«, sagte Manu, wußte aber nicht, ob man ihn hören konnte.

Gonzalès gab ihm ein Zeichen und warf ihm seinen Colt zu. Manu fing ihn im Flug auf.

Ohne ein Wort zu wechseln, begannen sie in unterschiedliche Richtungen zu schießen, um jene Steinwerfer abzuschrecken, die sich zu weit vorgewagt hatten.

Ferton schraubte die letzte Kerze rein, ließ die Motorhaube in die Verriegelung krachen und sprang mit zwei großen Schritten hinter das Lenkrad. Gonzalès und Manu, die der überforderten Hydraulik beim Schließen des Verdecks mit der Hand nachgeholfen hatten, saßen bereits im Wagen. Die Karosserie dröhnte unter den Einschlägen der Steine.

Ferton drückte auf den Starter.

Der Krach um sie herum, der Wind, die Schreie der Fanatiker, das Grollen des Ozeans, der Widerhall der Steine auf dem dicken Blech sorgten dafür, daß sie nicht hörten, wie die acht Zylinder ansprangen.

Ferton sah die roten Kontrollampen ausgehen. Er schaltete das Getriebe auf die kürzeste Übertragung. Die knapp zwei Tonnen rissen sich vom Boden los und wirbelten eine beißende Staubwolke auf, die der Wind über den Wagen hinwegfegte, sodaß Ferton nichts mehr sah.

Er lenkte blind in Richtung Küstenstraße, ohne den Hindernissen auf dem Boden auszuweichen. Einige Male rebellierte der Wagen gefährlich. Ein harter Schlag schleuderte sie nach vorn, die Schnauze des Buicks hob sich in die Luft, und kurz darauf landeten sie auf der Fahrbahn.

»Uff!« machte Ferton nur, riß das Lenkrad herum und brachte die Kutsche in Fahrtrichtung. Mit einem fragenden Blick in den Rückspiegel fuhr er auf die Stadt zu.

Gonzalès kramte in seinen Taschen nach Zigaretten, brachte eine Schachtel Casas zum Vorschein und hielt sie Manu und dem Fahrer hin.

Sie warteten bis die Zigaretten brannten, bevor das erste Wort gesprochen wurde.

Gonzalès hätte sich gern ganz dem Genuß des ersten Zugs hingegeben, den man bei zugekniffenen Augen immer am stärksten inhalierte, bis die Lungen voll waren.

Statt dessen begann er: »Du durftest ihn wirklich nicht umbringen, Manu. Die ganzen stinkenden Krösusse und korrupten Politiker, die über dich hergefallen wären, um ihren geistesgestörten Sohn zu rächen, sie hätten dich ein Leben lang dafür büßen lassen. Du hättest keine Chance gehabt... Für alle hier sind die Araber die Verbrecher, und nicht Georges. Und du hättest niemals einen Richter vom Gegenteil überzeugen können, zumal ich selbst einen der angeblichen Vergewaltiger verhaftet habe... Ich dagegen, ich konnte Georges töten. Für mich ist das kein Problem, schließlich bin ich Bulle. Ich habe die Aussage von Miquette, die mittlerweile dieselbe Aussage im Kommissariat ihres Viertels zu Protokoll gegeben hat... Ich kann sagen, daß Georges Widerstand geleistet hat, als ich ihn vernehmen wollte, und daß ich zu schießen gezwungen war... Notwehr.«

»Und du glaubst, sie schlucken das?« fragte Ferton.

»Es liegt in ihrem eigenen Interesse, das zu schlucken, auch wenn sie's selbst nicht glauben. Im Moment ist die ganze Stadt auf den Beinen und schreit "Hoch die Polizei", folglich werden sie es, glaube ich, nicht riskieren, einem Bullen Schwierigkeiten zu machen, solange sie ihn brauchen...«

»Du hättest ihn verhaften können, statt ihn zu töten?« wandte Ferton ein.

»Eine Stunde später wäre er frei gewesen.«

»Ich will zuallererst Gin holen«, verkündete Manu.

»Jetzt gleich?«

»Bis Georges Mutter vom Tod ihres geliebten Sohns erfährt, möchte ich Gin lieber aus ihrer Klinik raus haben«, erklärte Manu.

»Hör mir gut zu«, sagte Gonzalès, »du hast mit der ganzen Sache nichts zu tun, verstanden? Ich mach den Scheiß mit Shumacher klar. Er wird die ganze Sache so hinbiegen, daß sie hieb- und stichfest ist. Setz dir bloß keine Flausen in den Kopf, wie zum Beispiel dich an meiner Stelle selbst anzuzeigen, oder sonst eine andere Dummheit...«

»Ich mach, was du willst, ich schwör's dir, aber laß mich zuerst Gin aus der Klinik rausholen.«

»Wenn du was im Schilde führst, hast du sie wirklich nicht mehr alle...«

Er versank in der Rückbank, atmete einen schmalen Streifen blauen Rauchs aus und setzte ein Lächeln auf.

»Woran denkst du?« fragte Manu.

»Als ich letzten Monat die Prüfung zum Polizeidienst absolvierte, mußte ich einen Aufsatz schreiben. Du würdest nie draufkommen, zu welchem Thema.«

»Sie gehen gegen Demonstranten vor, Sie haben nur einen Knüppel und stehen plötzlich einem Juden und einem Araber gegenüber. Auf wen schlagen Sie zuerst ein?« schlug Ferton vor.

»Red keinen Stuß. Es hieß: Erzählen Sie einen Tag im Leben eines Wachtmeisters. Was hätte der Prüfer wohl für Augen gemacht, wenn ich meinen heutigen Tag beschrieben hätte, mit der Razzia am Morgen, der Verhaftung Ikkens, seinem Fenstersturz, der Verfolgung Georges und wie ich ihn kaltblütig erschossen habe...«

»Wahrscheinlich würden ihm die Augen überlaufen, dem Arschloch«, meinte Ferton

»Du hast viel für mich gemacht«, sagte Manu plötzlich mit belegter Stimme, »ich weiß gar nicht, wie ich mich dafür revanchieren kann.«

»Indem du mich nicht verscheißerst!« warf ihm Gonzalès zu.

»Weißt du, vorhin, als du zu mir sagtest, ich soll aufhören zu flennen?...«

»Ja, was war da?«

»Ich hab nicht geflennt. Es war dieser verdammte Wind, verstehst du?«

»Verstehe!«

»Ich muß mal auftanken, kein Benzin mehr«, kündigte Ferton an. »Habt ihr Kies?«

»Reicht gerade für zehn Liter«, meinte Gonzalès und kramte sein Kleingeld raus.

Der Buick bog gerade in dem Moment in eine Tankstelle ein, als Polizeiautos in die Avenue einbogen und die Sirenen anstellten.

»Was haben Sie bloß mit Ihrem Wagen angestellt?« rief der Tankwart verdutzt aus. »Ein Stock-Car-Rennen?«

»Äh... Ja... das heißt, wir haben ihn für die nächste Marokko-Rallye getestet«, antwortete Ferton und streckte seinen Arm zum Fenster raus.

»Trotzdem, eine Schande... So ein schöner Wagen! Sie haben ihn ja völlig ruiniert, eine Sünde ist das. Wie alt ist er denn? Zwei, drei Jahre?«

»Drei Jahre seit vorgestern.«

»Hat sozusagen gerade Geburtstag...«

»Kann man sagen«, stimmte Ferton zu, »ich hab sogar die Kerzen ausgeblasen.«

21

Graue Rauchschwaden hingen wie alte Spinnweben an der Decke.

Guglielmi drückte einen Stummel aus, ließ sich telephonisch bestätigen, das ein Entschärfungstrupp der Pioniere alarmiert worden war, versicherte sich, daß alle Ausfahrten der Stadt durch Sperrgitter mit Kontrolldurchgängen abgeriegelt waren, und wollte gerade Verstärkung aus Rabat anfordern, als die zweite Leitung schwach läutete. Er hob ab.

Er verlor auf Anhieb zwei Liter Wasser, als er die Stimme erkannte. Er hatte noch so sehr darauf gefaßt sein können, jetzt fühlte er, wie sich alles in ihm zusammenzog. Der Schweiß rann in Kaskaden über seine Bauchfalten hinab. Kraftlos ließ er ein paar Blähungen entweichen, die ihn aber auch nicht erleichterten.

Trocken ertönte die Stimme Malatestas: »Ich habe Sie gebeten, keine Europäer mit dieser Affäre in Zusammenhang zu bringen, Sie erinnern sich? Schlimm genug, daß Sie sich nicht an meine Befehle halten, Sie gehen auch noch so weit, den jungen Bellanger zu belästigen! Obwohl Sie wissen, welche... nun, sagen wir mal, Zuneigung mich mit der Familie Bellanger verbindet...«

»Aber...«

»Seien Sie still! Ich habe gerade einen Anruf von Madame Bellanger erhalten, die mir alles erklärt hat. Besonders skandalös finde ich es, daß Sie bei den vielen Krawallen, die wir heute haben, Ihre Zeit damit verlieren, nach einem Jungen aus bester Familie zu fahnden, und das unter dem Vorwand, er habe, als er sich mit einem spanischen Kindermädchen amüsierte, seinen Stöpsel etwas zu weit in sie reingesteckt. Es ist mir ganz egal, wie Sie das hinkriegen, aber ich will, daß darüber nicht mehr geredet wird, und wenn das Mädchen mit einer Klage droht, geben Sie ihr gefälligst zu verstehen, was in ihrem eigenen Interesse das Beste sei... Der Junge ist gerade zwanzig Jahre alt... wenn man sich in diesem Alter nicht amüsiert...«

»Ich schwöre Ihnen, daß ich nicht wußte...«

»Biegen Sie's hin, wie Sie wollen. Bieten Sie ihr meinetwegen eine Entschädigung, wenn sie sich stur zeigt, aber sorgen Sie dafür, daß sie schweigt. Ist das klar?«

»Vollkommen klar! Wo ist das Mädchen?«

»Zur Zeit wird sie in der Klinik von Doktor Bellanger behandelt, und sie wird noch eine Weile nicht in der Lage sein zu sprechen, aber ich verlasse mich darauf, daß alle Vorsichtsmaßnahmen getroffen werden, falls...«

»Sie können sich ganz auf mich verlassen, Herr Gouv...«

Am anderen Ende der Leitung war bereits aufgelegt worden. Guglielmi versuchte mit offenem Mund tief durchzuatmen, um den Angstkloß zu lösen, der ihm den Hals zuschnürte. Doch es gelang ihm nicht.

Ihm war zum Kotzen übel.

Die Stadt wimmelte von Polizeiautos, die sich mit dem ohrenbetäubenden Radau der Sirenen in alle Richtungen bewegten, um an den strategischen Punkten Stellung zu beziehen.

Der Wind blies heiß und trocken und fühlte sich auf der Haut so angenehm an wie Sandpapier.

Am Steuer des Buicks bog Ferton in eine der kleinen Sträßchen ein, die ins Stadtzentrum führten.

»Fehlte gerade noch, daß sie uns anhielten und den Kofferraum durchsuchten«, sagte er.

»Ich würde den Kadaver auch lieber selbst abliefern, am liebsten bei Shumacher«, sagte Gonzalès während er bemerkte, daß er keine Zigaretten mehr hatte. »Ihr solltet mal nach Kippen Ausschau halten«, fügte er gereizt hinzu. »Ich zahl das Benzin, ich zahl die Kippen, was soll ich denn noch zahlen?«

»Ich wollte Georges zahlen lassen, aber du hattest ja was dagegen«, sagte Manu, der langsam wieder lockerer wurde.

»Und ich«, fügte Ferton hinzu, »würde fast Eintritt zahlen, um dir weiter zuzuhören! Verdammt, schon wieder Bullen!«

Durch das Heulen der Sirenen schon von weitem angekündigt, fuhr ein Polizeiauto mit Vollgas auf die Kreuzung am Ende der menschenleeren Straße. Doch sein eigenes Sirenengeheul verhinderte, das es das eines anderen Wagens hörte, der von rechts kam, und sich aufgrund seiner Sirene ebenfalls sicher war, die Kreuzung frei vorzufinden. Das erste Auto raste in das zweite, noch bevor einer der beiden Fahrer Zeit gefunden hätte, auf die Bremse zu treten.

Ein blaues Blechstück, dessen Mitte ein Aufkleber mit dem Zeichen der Stadtpolizei zierte, prallte auf die Motorhaube, die wie ein malaiischer Gong vibrierte.

Ein Dutzend von ihren Haken gesprungene Helme rollten mit höllischer Geschwindigkeit auf sie zu, stießen gegeneinander, wurden auf die Trottoirs geschleudert, wo sie über das Pflaster hüpften. Einer von ihnen zertrümmerte den linken Scheinwerfer des Buicks und blieb in der Öffnung stecken. Ein anderer verwandelte die Motorhaube in ein Waschbrett, bedeckte die Windschutzscheibe mit einem Stern aus Sprungrissen, rollte über das Verdeck, bekam neuen Schwung, als er Heck und Kofferraum hinabholperte, und raste weiter wie der Kampfwagen Ben Hurs, als er seine Gegner aus dem Weg räumte.

Die beiden Unfallwagen hatten sich so ineinander verkeilt, daß sie nicht mehr auseinander zu halten waren. Nur die beiden Sirenen waren heil geblieben, wie ihre markerschütternden Heultöne weiter bewiesen.

»Tut so, als sei nichts passiert«, sagte Ferton und nahm eine ganz entspannte Haltung hinter dem Lenkrad ein.

Er bremste ab und überquerte die Kreuzung mit gedrosselter Geschwindigkeit, wobei er an einer Seite das Trottoir streifte, um den Glassplittern und Blechteilen auszuweichen. Einige Bullen quälten sich durch die seitlichen Türöffnungen aus dem Blechhaufen, andere taumelten über die Fahrbahn.

Ferton grüßte sie mit dem zufriedenen Gesichtsausdruck des braven Bürgers, wenn er allen Grund hat, sich über eine besonders starke Leistung seiner Polizei zu beglückwünschen. Sobald er aber die Kreuzung hinter sich hatte, beschleunigte er mit einem großen Seufzer der Erleichterung.

»Hättest du nicht gerne angehalten, um den Unfall aufzunehmen?« fragte er Gonzalès und schaute ihn dabei im Rückspiegel an.

Shumacher fluchte, als er den Buick davonfahren sah. Er hatte nicht mal eine Pfeife bei sich, doch wer hätte bei dem Krach, den die Sirenen machten, die Pfiffe noch hören sollen? Wütend tastete er seine Beine, seinen Brustkorb und seine Arme ab und fluchte, obwohl er sich nichts gebrochen hatte.

Wieviel Zeit blieb ihm noch? Zehn, zwölf Minuten? Vielleicht auch weniger.

Er vermutete, daß der Buick in die Innenstadt fahren würde. Er widmete den Polizisten, die es geschafft hatten, aus den Wagen zu klettern, nicht die geringste Aufmerksamkeit, noch eilte er ihnen zu Hilfe.

Er mußte um jeden Preis einen Wagen requirieren, gleich den nächstbesten. Aber ausgerechnet in diesem Moment zeigte sich weit und breit kein Fahrzeug. Je mehr Zeit verstrich, umso weniger Chancen hatte er, den Buick vor acht Uhr zu finden, bevor die Bombe hochgehen sollte, wenn es stimmte, was Bouchaïb gesagt hatte.

Sein Blick fiel auf einen Borgward Isabella, der am Bordstein abgestellt war. Das kleine Ausstellfenster war offen. Shumacher zögerte nicht länger. Er streckte seinen Arm durch und zog den Stift hoch, der die Tür verriegelte. Er ließ sich auf den Sitz gleiten, fingerte mit der Hand unter dem Armaturenbrett rum, spürte die Zündkabel auf und riß sie mit einem schnellen Ruck heraus. Er versuchte gerade, sie kurzzuschließen, als ein lärmendes Geknatter ihn schleunigst aussteigen ließ. Eine Vespa kam an. Shumacher gab ihr ein Zeichen anzuhalten.

»Polizei. Ich brauche Ihre Maschine. Hiermit beschlagnahme ich sie, und Sie mit dazu!« sagte Shumacher, während er ein Bein über den Rücksitz schwang.

»Aber?...« blieb Scooter das Wort im Hals stecken.

»Schnell!« brüllte Shumacher und drückte in Scooters-Nieren.

Er verfluchte sich, daß er nicht Motorradfahren gelernt hatte.

Ferton hielt vor der Eukalyptus-Klinik, ohne den Motor abzustellen, und sagte zu Manu:

»Wir warten da drüben auf dich. (Er zeigte auf eine Brasserie dreißig Meter weiter an der nächsten Straßenecke.) Emile wollte noch Kippen kaufen und mich bei der Gelegenheit auf eine Halbe einladen.«

»Du hast sie wohl nicht mehr alle, du Wichser?«

Manu war bereits in der Klinik.

»Ich möchte zu Fräulein Ginette Garcia«, sagte er zum schwarzen Krankenpfleger, der Pförtner spielte.

»Gehören Sie zur Familie?«

»Ihr Verlobter.«

»Können Sie das beweisen?«

Der Krankenpfleger hatte dicke, fleischig wabbelnde Lippen, die wie nasse rote Schnecken aussahen. Der riesige Mund war mit einem blendenden, zehnmal zu großen Gebiß ausgestattet, das ihm fast bei jedem Wort raussprang und das er beim nächsten Wort in letzter Sekunde wieder einfing.

Manu war klar, daß er bald wieder Streßerscheinungen an den Tag legen würde, wenn er zu lange in diesen Porzellanladen starrte.

»Wie soll ich das denn beweisen? Schließlich trägt sie den Ring...«

»Da könnte ich ja jeden durchlassen, der behaupten würde, er sei ihr Verlobter«, meinte er mit einem erneuten Rein-und-raus seiner Prothese. »Laut Vorschrift brauchen wir einen Beweis.«

Manus Faust drang bis zum Ellbogen in seine Leber, und das Gebiß aus falschem Elfenbein verließ endgültig den Mund des Krankenpflegers, um über dem Sandsteingeruch der Bodenfliesen zu verteilen.

»Brauchst du noch einen Beweis?«

Der Krankenpfleger schüttelte langsam den Kopf und rollte die tränengefüllten Augen. Mit einer Hand deutete er ungefähr in die Richtung des Zimmers, mit der anderen hielt er sich den Bauch, während aus seinem weitgeöffneten Mund ein gallegelber Speichelfaden heraushing, der kaum mit den strengen Hygienevorschriften einer Klinik zu vereinbaren war.

Gin schlief nicht. Als er die Tür öffnete, drehte sie mit abwesendem Blick den Kopf in seine Richtung, ohne die geringste Überraschung zu erkennen zu geben.

Wie schon am Morgen hob er eine Haarsträhne, um sie zärtlich zu küssen. Dann öffnete er einen Schrank, sammelte ihre Sachen ein und begann, sie anzuziehen.

Auf einem lackweißen Tablett stand eine Untertasse voll bunter Kapseln. Das Zimmer roch nach Äther und Laudanum.

Gin zeigte keine Reaktionen, die reinste Kinderpuppe.

Er sprach leise, keuchte unter der Anstrengung einer komplizierten Gymnastik. Er brauchte wahnsinnig lange, um sie hochzuheben und ihr den Schlüpfer anzuziehen. Er zog ihr den Rock mehr schlecht als recht hin; als er mit den Fingern nach den Ärmeln suchte, rutschte die Bluse wieder hoch, und als er ihr die Ballerinas anzog, kippte sie vornüber.

Er fing sie mit den Armen auf, und während er sich bemühte, sie aufrecht zu halten, nutzte er gleich die Gelegenheit, ihr den Rock zurecht zu zupfen und den Reißverschluß hochzuziehen.

»Du brauchst dir keine Sorgen mehr machen, Liebes, wir schaffen es schon. Ich laß dich nicht mehr allein. Jetzt ist alles vorbei.«

Sie setzten sich in Bewegung. Er faßte sie um die Taille, der Kopf kippte gegen seine Schulter, und dann schwankten sie gemeinsam. Gin fing plötzlich an, wie eine Irre zu lachen, als fände sie das alles äußerst lustig.

Manu wiegte sie in den Hüften, fand das Gleichgewicht wieder und gelangte so mit ihr auf den endlosen Korridor hinaus. Er geriet schnell außer Atem, denn sie war schwer wie eine Tote.

Durch die Glastür eines Zimmers bemerkte er einen zusammengeklappten und an die Wand gelehnten Rollstuhl. Er trat mit Gin in das Zimmer ein und deponierte sie in einem bereits belegten Bett.

»Entschuldigen Sie bitte, Madame«, sagte er und lächelte die verdutzte Patientin an.

Er nahm das Behindertenvehikel und klappte es eiligst auseinander.

»Ja, was machen Sie denn da?« fragte die Bettlägerige.

»Ich leihe ihn mir nur für ein kleines Rennen aus. Wenn ich gewinne, teilen wir uns die Prämie.«

»Sind Sie verrückt!« meinte sie und suchte nach der Klingel, um den Krankenpfleger herbeizurufen.

Manu nahm Gin bei den Schultern und setzte sie in den Rollstuhl. Dann konnte er selbst nicht mehr und mußte sich erst einmal hinsetzen.

Die Terrasse der Brasserie wurde durch zwei große, seitliche Glasohren, die mit Reklame bepinselt waren, sehr gut gegen den Wind geschützt.

Die Plastikuntertassen auf den Tischen quollen über vor Schnecken, die zäh wie Gummi waren, vor in Öl schwimmenden Calamaris, Saubohnen in zu scharfer Sauce, versalzenen Sonnenblumenkernen, zu harten Kichererbsen. Und drum herum saßen Männer, die gelb und ausgemergelt aussahen, mit Gesichtern, die von kränklichen Bärten entstellt waren. Die starken Getränke hatten ihre Leber anschwellen lassen, ihre Mägen litten unter Anorexie, und ihr Verdauungstrakt wurde von Amöben bevölkert. Ab und an schlugen sie mit ihren gichtkranken Füßen, die in brennendheißen Sandalen steckten, mechanisch nach den Mücken.

Die vom Alkohol zusätzlich angeheizten Gespräche

drehten sich alle um die Ereignisse des Tages.

Es waren nur wenige Frauen zu sehen, und alle in einem gewissen Alter.

»Schau, Céleste«, meinte ein gelblich aussehender Trinker zu der seinigen, »ich versichere dir, daß ich richtig gezählt habe, ich habe nur drei Pastis getrunken, nicht vier.«

Ferton parkte den Schlitten in eine Lücke, die ein türkisblauer Pontiac, dessen Innenraum in pastellene Bordeauxtöne gehüllt war, frei gelassen hatte.

Gonzalès und er bahnten sich einen Weg durch das Labyrinth der Tische, die von Militärs in Khakihemden belagert wurden. Die weitgeöffneten Hemden zeigten Brusthaare, die länger waren als die Haare ihrer Bürstenfrisuren. Ihre schmetternden Stimmen verrieten den Stolz jener, die ein ehrenvolles Leben führten und die unaufhörlich weißen Anislikör tranken, den akrobatische Kellner auf schwankenden Tabletts über ihren Käppis und Feldmützen einschenkten.

Der Tag blieb den Helden vorbehalten.

»Eine Schachtel Casas«, bestellte Gonzalès beim Tabakwaren-Verkäufer.

»Zwei!« rief Ferton hinterher und wandte sich an Gonzalès: »Dann muß ich dich nicht ständig bitten, das nervt nämlich mit der Zeit.«

Er riß seine Schachtel ungeschickt auf, holte eine Zigarette raus, die er auf die Kante des Tresen klopfte, um den Tabak fester zu pressen, legte sie auf den Rücken der einen Hand und gab ihr einen kurzen Klaps mit der anderen. Die Zigarette drehte einen Looping und fiel senkrecht in seinen Schnabel.

»Hast du mal Feuer?«

»Du könntest dir *wenigstens* ein paar Streichhölzer leisten«, meinte Gonzalès und hielt ihm sein Zippo hin.

»Das hält mich davon ab, zuviel zu rauchen. Eine Halbe!« rief er einem sanftmütigen Kellner zu, der nicht zu hören schien.

»Dafür ist keine Zeit mehr«, sagte Gonzalès und zog ihn am Ärmel weg. »Manu wartet auf uns, und ich muß jemanden abliefern, du weißt, wen... Du kannst später noch was trinken.«

Beim Hinausgehen stießen sie gegen einen Spieß von der Luftwaffe, der Martini-Gin getankt hatte. Seine Augen hingen zwei Zentimeter über den Gläsern, Delfter Blau mit Wermuthrot durchzogen, eine ausziehbare Tapirnase im samt schimmernden Rot der Augen, zwei Ohren von unterschiedlicher Geometrie, die so durchsichtig waren wie Fledermausflügel und wie Neonröhren brannten.

»Kannste nich aufpassen, du Schwuchtel?« brummte der Flieger und klammerte sich an der Theke fest.

»Zieh doch dein Fahrgestell ein, du Landratte! Du kannst mich mal!« erwiderte Ferton und entfernte sich lieber schnell, bevor der Flieger Anstalten machte, ihm zu folgen.

Manu verzichtete darauf, mit dem kleinen Behinderten-Fahrzeug die Treppe hinunterzuhoppeln, die von der Klinik auf die Straße führten. Er nahm Gin auf den Arm wie ein schlafendes Kind. Sie brabbelte ein paar unverständliche Worte, ließ ihre beiden Arme herabhängen und lehnte ihren Kopf an Manus gespannten Bizeps. Ihre Haare flatterten im Wind, ihre Beine schlenkerten und störten Manu bei jedem Schritt. Erneut wurde er von seiner Schwäche übermannt.

Er sah seine beiden Kumpel aus der Brasserie rennen und über die Terrasse laufen, als würde sie jemand verfolgen, und Ferton lief auf das Auto zu, um sich ans Steuer zu setzen.

Gin sah den Buick.

Ihr Alptraum materialisierte sich im Bruchteil einer Sekunde: die grauenerregende schwarze Masse, die Pranken aus Chrom und Stahl, der Horrorritt des Monstrums mit den gelben Augen.

Das Gedächtnis überschwemmte sie schonungslos.

Sie erinnerte sich, genauso wie jetzt getragen worden zu sein, im Arm eines Jungen, der sie aufgehoben hatte, nachdem Georges...

Sie schlang ihre Arme um Manus Hals, drückte ihn von Krämpfen geschüttelt und stieß einen spitzen Schrei aus.

»Nein! Nicht in den Buick! Ich will nicht in den Buick!«

Gonzalès und Ferton blieben wie angewurzelt stehen.

Manu gab ihnen ein Zeichen, damit sie ihm zu Hilfe kämen. Gin, die immer noch schrie, war aus seinen Armen geglitten und preßte sich aufrecht stehend an ihn.

Die beiden kamen über die Straße gelaufen.

Gin schrie noch immer, als sie spürten, wie sie vom Boden abhoben.

So dreckig und ramponiert wie er war, hatte er ihn nicht sofort wiedererkannt. Er mußte erst das Nummernschild zu Rate ziehen, um sicher zu gehen.

»Da ist er!« schrie Shumacher und zeigte auf den vor der Brasserie geparkten Schlitten.

Scooter glaubte, daß der Inspektor hinter Ferton her war, den er soeben entdeckt hatte.

"Deshalb also fuhr Ferton mit Georges Kutsche spazieren: er hatte sie geklaut!"

Statt zu bremsen gab er Gas.

Shumacher stützte sich an Scooters Rücken ab, verabschiedete sich mit einem Stoß von ihm und sprang in voller Fahrt runter, indem er die Maschine zwischen seinen gespreizten Beinen frei gab.

Scooter fuhr geradeaus weiter und bemühte sich verzweifelt, die taumelnde Maschine wieder ins Gleichgewicht zu bringen.

Der Inspektor lief auf den Buick zu, den Oberkörper weit vorgestreckt und die Beine lang hinterher gezogen, als wäre er bei der Einfahrt in den Bahnhof aus einem Zug gesprungen.

Er erreichte den Wagen, als er explodierte.

22

Casablanca. Gestern abend wurde der zwanzigjährige Georges Bellanger, Sohn einer unserer bedeutendsten Mitbürgerinnen, Frau Doktor Hélène Bellanger, bei einer Explosion seines Wagens getötet. Den Sprengsatz hatten verabscheuungswürdige Terroristen gelegt. Sein Körper wurde buchstäblich in Stücke gerissen.

Des weiteren wurden Inspektor Jean Shumacher, der neben dem Auto mit der Sprengladung stand, und zwei unschuldige Passanten getötet: Der Stabsfeldwebel Pierre Mérillon von der Luftwaffenbasis Meknès und Frau Célèste Butin de Sémécourt.

Zwanzig Verletzte wurden ins Colombani-Hospital gebracht. Aber keiner von ihnen wurde lebensgefährlich verletzt.

Gonzalès faltete die Zeitung zweimal und steckte sie in seine Tasche.

»Noch ein Espresso!« bestellte er bei Gilbert, der den Chrom seiner Kaffeemaschine wienerte.

Der kleine Schuhputzer, der seine Schuhe wieder auf Hochglanz brachte, schaute ihn hartnäckig an.

»Was hast du? Wieso gaffst du mich so an?«

»Woher hast du diese Schuhe?« fragte der kleine Schuhputzer ganz unverfroren zurück.

Gonzalès war mehr als verblüfft.

»Was geht denn dich das an? Ich habe sie gekauft«, log er. »Warum?«

»Nur so. Weil ich sie sehr schön finde«, sagte der kleine Schuhputzer bloß und nahm seine Arbeit wieder auf.

Gonzalès entspannte sich. Er hatte beschlossen, diesen 15. Juli 1955 voll zu genießen: sein erster freier Tag. Er hatte drei Filme zur Auswahl: "Viva Zapata" mit Marlon Brando im Eden, "Fluß ohne Wiederkehr" mit Robert Mitchum und Marylin Monroe im Vox (Das ist Cinemascope! Sie werden ihren Augen nicht trauen!

meinte die Reklame) oder »His kind of woman« ebenfalls mit Mitchum und mit Jane Russell in der OF im Rialto.

Der letzte Film reizte ihn am meisten, nicht weil er in der Originalfassung lief, sondern wegen Jane Russell. Sie erinnerte ihn an Gin.

Gin. Das einzige Mädchen, daß er jemals geliebt hätte. So sehr, daß er einen Mann getötet hatte, um sie zu rächen.

Morgen würde er um seine Versetzung ins Mutterland bitten. Egal wohin.

Er erinnerte sich plötzlich an ein Lotterielos, das er am Tag zuvor gekauft hatte. Er schlug die Zeitung wieder auf, suchte nach den Zahlen der staatlichen Lotterie, 26. Ausschüttung.

Die 46 hatte 4000 Francs gewonnen.

Tausend für jeden. Das letzte, was sie teilen würden.

»Was wirst du nach der Unabhängigkeit bloß machen?« fragte er den kleinen Schuhputzer. »Wenn die Europäer alle weg sind, wirst du keine Arbeit mehr haben...«

»Dann polier ich meine eigenen Schuhe, Missiöh!« antwortete der Bengel, ohne hochzuschauen.

»Du meinst wohl, deine Schlappen«, brummte Gilbert und brachte den dampfenden Kaffee.

Glossar

Anfa, Ain-Diab: Die schicken Viertel Casablancas entlang der Küste, wo fast nur Franzosen wohnten.

Araba: (arab.) Eselskarren, Handkarren, Gespann.

Bikotte: Wortneuschöpfung für das franz. »Bicot«, in Anlehnung an »Hottentotte«. »Bicot« ist eine pejorative, rassistische Bezeichnung für Araber, das Diminutiv von »Arbicot«, entstanden aus »Arbi« (arab. für Araber) und »Bique« (franz. für Ziege, Zicke, Geißbock).

Bouzbir: Bordellviertel in Casablanca.

Casa: Diminutiv für Casablanca.

Chaouch: Arabischer Amtsdiener.

Chorizo: (span.) geräucherte und mit rotem Paprika gewürzte Knackwurst.

Derb: (arab.) Stadtteil, Viertel.

Douar: (arab.) Zeltdorf, Zeltlager, Hüttendorf, in dem ein bestimmter Clan wohnt.

Faëma: Berühmte italieneische Espressomaschine aus den fünfziger Jahren, ein Monument aus Chrom.

Foujita: Japanischer Maler, der in Frankreich lebte, und dessen Bilder in den fünfziger Jahren hoch im Kurs standen.

Gandoura: (arab.) Ärmellose Tunika aus Wolle, Seide oder Baumwolle, die unter dem Burnus getragen wird.

Gazanie: Ein dichtwachsendes Hahnenfußgewächs mit knallgelben Blüten, stammt aus Südafrika, findet sich auch an der Mittelmeerküste, z.B. in Andalusien.

Gnaouas: Farbige Marokkaner sudanesischer Abstammung. Auf ihnen lastet ein Atlas abergläubischer Vorurteile. Unter anderem werden sie des Teufelspaktes verdächtigt. Wie einstmals alle Schmiede gelten sie wegen ihrer großen schmiedeeisernen Kastagnetten als Zauberer und Hexen.

Goum: (franz.) Einheiten aus arabischen Soldaten in der franz. Armee, wurden u.a. auch im 2. Weltkrieg eingesetzt. Kommt von »Gaum« (arab. für Truppe).

Goumier: (franz.) Soldat einer Goum-Einheit.

Hammam: (arab.) maurisches Dampfbad. Das »Hammam Souriau« war eines der bekanntesten Dampfbäder in Casablanca, mit Massage und Gymnastik. Casablancas Jugend erholte sich dort von ihren anstrengenden Nächten.

Jaico, Jaica: (franz.) Pejorative Bezeichnung für SpanierInnen.

Maarif: Arbeiterviertel in Casablanca, größtenteils von Spaniern bewohnt.

Marabut: (arab.) 1. Heiliger, Wunderheiler, 2. Mausoleum oder Grabmal eines moslemischen Heiligen, kann je nach Bedeutung des Heiligen vom einfachen Grab bis zum Dom mit großer Kuppel reichen.

Medina: Arabische Altstadtviertel mit Bazar und Moschee.

Meharist: Meharireiter. Bewaffneter Dromedarreiter; (franz.) Kavallerist der Compagnies sahariennes.

Moussem: (arab.) Der große Moussem ist das 4 Tage andauernde Fest für einen Heiligen, das jeder Clan, jedes Dorf, jede Sekte einmal jährlich feiert. Es erinnert stark an alte Formen des Karnevals.

Pied-Noir: Franzose, der in Nordafrika geboren wurde und dort aufgewachsen ist.

Présence Française: Rechtsgerichtete Bürgerbewegung, die militant gegen die Unabhängigkeitsbestrebungen der Marokkaner kämpfte.

Roumi, Roumie: (arab.) Christ, Christin, allgemein: Europäer.

Soubirous: Die kleine Soubirous ist Bernadette Soubirous, das kleine Mädchen, dem 1858 in der Grotte von Lourdes 18 Mal die Heilige Jungfrau erschienen war, um die unbefleckte Empfängnis zu bezeugen.

12,60

ROMAN NOIR TIAMAT

Edgar Box

Tod in der fünften Position

»Unter dem Pseudonym Edgar Box hat Gore Vidal die Figur des Theaterkritikers Peter Sargeant erfunden, den dandyhaften, intelligenten Lebenskünstler, der sich als Public-Relations-Fachmann vermietet – und nebenbei lästige Morde aufklärt.« *Der Spiegel*, 5/1991

Joseph Bialot

Eine mörderische Drahtseiloper

»Joseph Bialot beweist einen schwarzen Humor, der das eigene Genre aussticht. Er greift die alten Muster auf, um sie frech auf den Kopf zu stellen. Wirklich, die Franzosen sind derzeit weitaus erfrischender als die Amerikaner und Engländer.« *Stuttgarter Zeitung*

Tito Topin

Im letzten Akt fließt immer Blut

»Hier ist ein Roman, der hellwach macht, pures Speed sozusagen. Vom ersten Satz an atmet man tief durch – der Sprache wegen. Das ist Punk live, zwischen zwei Buchdeckel gebunden, genial übersetzt.«
Süddeutsche Zeitung

Michel Quint

Billard im ersten Stock

Ein mysteriöser Fremder betritt die ausgestorbene Bar eines Küstenstädtchens und begibt sich in den Billardraum im ersten Stock. Ein Mord geschieht – alte Verbrechen und Leidenschaften werden wieder lebendig.

Tito Topin

Casablanca im Fieber

Casablanca 1955: Kurz bevor die französischen Kolonialherren Marokko in die Unabhängigkeit entlassen müssen, gleicht die Stadt einem Pulverfaß. Ein Roman mit ungeheurer Handlungsgeschwindigkeit, ein 70 mm Cinemascope Breitwandfilm.

In Vorbereitung:

Edgar Box

Tod vorm Schlafengehen

Der Präsidentschaftskandidat Senator Rhodes fliegt durch eine Bombe in seinem Arbeitszimmer in die Luft. Statt einen Werbefeldzug vorzubereiten, muß Peter Sargeant nun einen Mord aufklären.

José Giovanni

Der zweite Atem

Ein klassischer Gangsterroman über einen geflohenen Sträfling, der einen letzten großen Coup vorbereitet. Mit Lino Ventura von Melville unter dem gleichnamigen Titel verfilmt.